nowledge. 知識工場
Knowledge is everything！

知識工場

Knowledge is everything！

nowledge. 知識工場
Knowledge is everything！

KK音標與注音符號對應參照表

26個字母

a	[æ]	ㄜㄝ	b	[b]	ㄅ	c	[k]	ㄎ	d	[d]	ㄉ	e	[ɛ]	ㄝ
f	[f]	ㄈ	g	[g]	ㄍ	h	[h]	ㄏ	i	[ɪ]	ㄧ	j	[dʒ]	ㄐ
k	[k]	ㄎ	l	[l]	ㄌ（母音前）	l	[l]	ㄛˇ（母音後）	m	[m]	ㄇㄜ（母音前）	m	[m]	ㄇㄨ（母音後）
n	[n]	ㄋ（母音前）	n	[n]	ㄣ（母音後）	o	[ɑ]	ㄚ	p	[p]	ㄆ	q	[k]	ㄎ
r	[r]	ㄖㄨ（母音前）	r	[r]	ㄜ（母音後）	s	[s]	ㄙ	t	[t]	ㄊ	u	[ʌ]	ㄜㄚ
v	[v]	ㄈ*（振動聲帶）	w	[w]	ㄨㄜ	x	[ks]	ㄎㄙ	y	[j]	ㄧㄝ	z	[z]	ㄗ

5個長母音

[e]	[i]	[aɪ]	[o]	[ju]
ㄟ	一ˋ	ㄞ	ㄡ	一ㄝㄨˋ（you）

9個特殊母音

[u]	[ʊ]	[aʊ]	[ɔ]	[ɔɪ]
ㄨˋ	ㄨ	ㄠ	ㄛ	ㄛ一
[ɔr]	[ɝ]	[ɚ]	[ə]	
ㄛㄜ	ㄦˇ	ㄦˊ	ㄦ	

9個特殊子音

[θ]	[ʃ]	[tʃ]	[tr]	[ŋ]
ㄙ~（舌伸齒外發ㄙ）	ㄒㄩ	ㄑㄩ	ㄘㄨ	ㄥ
[ð]	[ʒ]	[dʒ]	[dr]	
ㄗ~（舌伸齒外發ㄗ）	ㄐㄩ	ㄐ	ㄗㄨ	

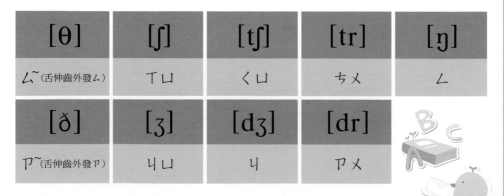

KK音標 easy K

全台獨創

史上第一本終身受用
完美發音必殺技！

注音 + 國語 + 數字順序 =

KK音標輕鬆正確發音，
搭配MP3多段式漸進演練，
保證學過立即養成道地英語口！

獨創KK注音發音權威
李成權 著

作者簡介

李成權
Aaron
牡羊座

政大新聞系畢業
ALL NEW SESAME 分校班主任
Kid Castle 英語教師
劉毅英文講師
台北市西松國小向日葵志工團團長
英語華語特約導遊
e-mail: aaronleedog@yahoo.com.tw

感謝　李業華先生（我的父親）

他是我英文音標的啟蒙老師，願本書能讓他老人家在天之靈感到寬慰。（家父於 2008 年 4 月 19 日病逝，享年 85 歲。）

感謝　楊堡方先生（前我識出版社執行編輯）

他對本書的建議和鼓勵使我獲益良多。

感謝　陳韻如小姐（我的太太）

由於她的資助使本書得以刊印發行。

感謝許許多多想要學好英文的同胞們，因為你們，我寫了這本書。

如果能用自己熟悉的國語注音符號學會英文，開口說英語，為什麼不試試？我可以，我教的學生可以，你一定也可以。語言是拿來溝通的，不是拿來嚇人的。不怕英文，就怕自己錯過學好英文的好方法。

再給自己一次衝刺的機會，加油吧！

開場白

目前國內英（美）語最常使用的音標是 KK（美國語言學家 John Samuel Kenyon 和 Thomas Albert Knott 的簡稱）音標，其中包含了短母音如 [æ]，長母音如 [e]，特殊母音如 [u]，有聲子音如 [b]，無聲子音如 [k]，以及特殊子音如 [θ] 等。為了方便學習起見，筆者依教學經驗將其劃分如下：

PART 1 26 個字母
（包含 5 個短母音 [æ], [ɛ], [ɪ], [ɑ], [ʌ] 及子音）

PART 2 5 個長母音 [e], [i], [aɪ], [o], [ju]

PART 3 9 個特殊母音 [u], [ʊ], [aʊ], [ɔ], [ɔɪ], [ɔr], [ɝ], [ɚ], [ə]

PART 4 9 個特殊子音 [θ], [ð], [ʃ], [ʒ], [tʃ], [dʒ], [ŋ], [tr], [dr]

字母索引 將音標依字母組排順序表。

最後拜託各位讀者，例字中，如有不知其意或發音，請查字典。您會發現字典是學好語言最好的幫手。本書難免謬誤疏漏，還請大家包涵指正。謹祝各位學業進步，順利成功。

李成權

本書特色

你不可不知的秘密武器！

輕鬆・零負擔

本書風格設計簡單，幫助讀者一目了然。作者豐富的教學經驗及熱情的教學熱忱，讓敘述文字平易近人。本書老少咸宜，針對想輕鬆快速學習英文發音及 KK 音標的讀者，提供一種自然純樸的選擇。作者利用大家熟悉的注音符號輔助學習 KK 音標，補足自然發音學習法。

新鮮・不乏味

這是一本作者用心蒐羅眾多例子的心血結晶，歸納整理發音的規則性及特殊的例子，此外本書蘊含廣博的知識，從淺到深，多能體會作者想給讀者最好、最完整的學習。

條理・不混亂

作者精心編排的分章歸納，一個發音一個單元，並列出各種發音的不同情況，保證穩健基礎，搞懂來龍去脈。時時叮嚀，時時補充，幫助讀者系統化學習。順序多以字母順序排列，方便讀者查詢。

結合中西方發聲系統，KK音標輕鬆學！

方法・省功夫

整合學習語言的有效方法：眼看、耳聽、口說，全方位開發腦力潛能，循序漸進卻又快速掌握英語發音，不論是初學者或進階者皆有所獲益。

解惑・不求人

市面上鮮少學習 KK 書籍，尤其是顧及大眾學習 KK 的接受程度。覺得學習 KK 很難的學習者有福了！本書囊括許多的發音例外及延伸學習，擁有此葵花寶典，不怕沒人替你解決發音上的煩惱，只要主動學習，便能擁有進步的感動。一本良好語言學習書，會引領讀者看到不一樣的世界！

經典・求創新

自然發音法和 KK 音標都是學習英文發音的好方法，如同學習國字需要注音符號的輔助，現在學習發音已經打破文化的界線，學習發音有多一種的學習選擇，開啟學習語言的無限可能！

使用說明

① 收錄經典格言佳句

中英格言兩相對照，並且標註上音標，同時學到中英經典名句，英文佳作手到擒來！

② 練習手寫字母和音標

練習基本的單字及音標，讓寫感輔助學習記憶，穩扎記憶，印象深刻。

③ MP3 清楚發音

跟著MP3念，搭配字母、音標的具體說明，包準聽者更能夠抓到發音的訣竅，輕易發音到位，養成一口漂亮的英文！

④ 生活常見的發音範例

「嘴巴體操練習室」中豐富多元的單字範例，配合注音和發音順序以及獨創的「單字便利記」，讓讀者在生活中即刻學好單字，一輩子記住不忘！

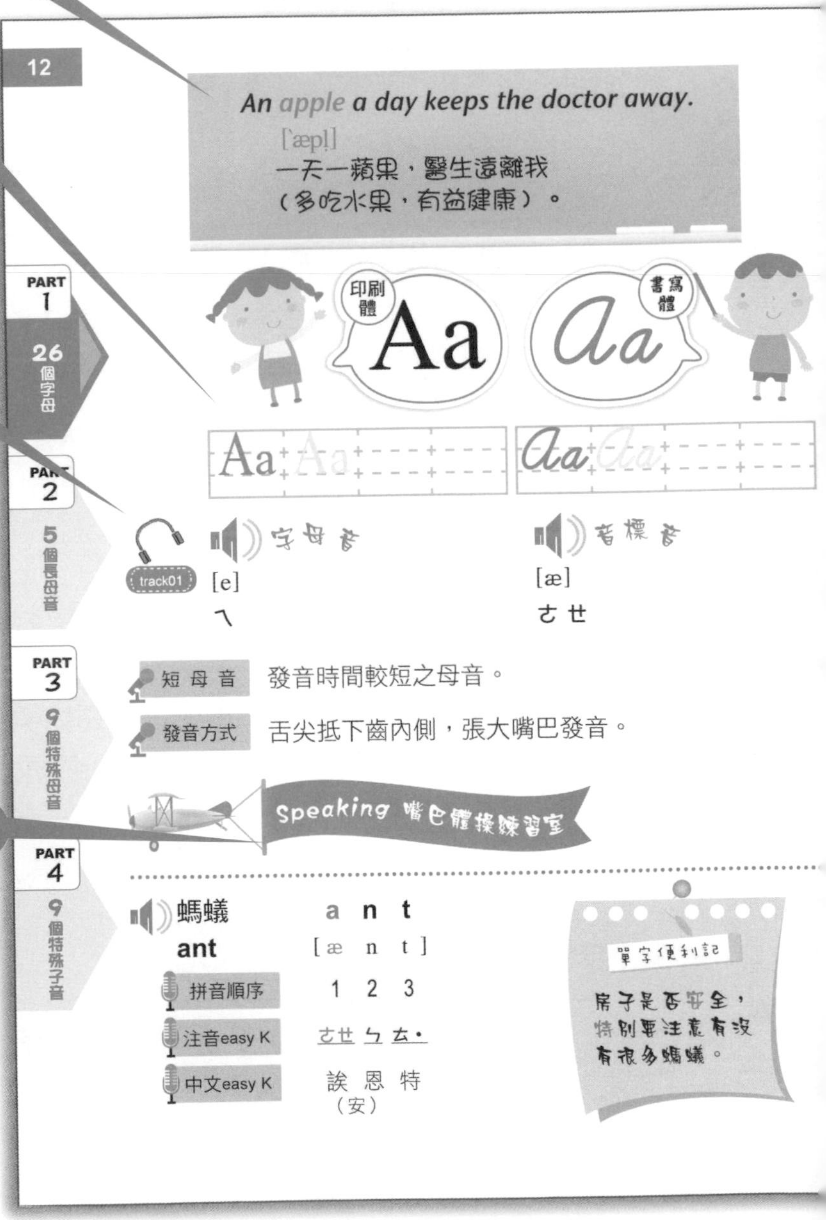

12

An apple a day keeps the doctor away.

[ˈæpl̩]

一天一蘋果，醫生遠離我（多吃水果，有益健康）。

PART 1 26個字母

PART 2 5個長母音

PART 3 9個特殊母音

PART 4 9個特殊子音

印刷體 Aa 書寫體 Aa

track01

字母音 [e] ㄟ

音標音 [æ] ㄜㄝ

短母音 發音時間較短之母音。

發音方式 舌尖抵下齒內側，張大嘴巴發音。

Speaking 嘴巴體操練習室

螞蟻 ant

	a n t
	[æ n t]
拼音順序	1 2 3
注音easy K	ㄜㄝ ㄣ ㄊ˙
中文easy K	誒 恩 特 （安）

單字便利記

房子是否安全，特別要注意有沒有很多螞蟻。

本書收錄常見的中國格言，搭配KK音標教學，並且舉例單字，以**拼音順序**、**注音符號**和**中文**輔助，學習音標和發音。專業易懂的解析以及貼心的叮嚀和補充讓音標學習立即上手！

5 「音標洞察看這裡」詳說發音規則

蒐羅不可不知的發音規則，詳列各種發音狀況，讓讀者快速掌握音標，不再對 KK 及發音有陌生感和恐懼感。

Q&A 音標洞察看這裡

1. 母音和子音的關係有些像吃牛排。母音就好比是那塊牛排，旁邊的配菜如玉米、紅蘿蔔等就像是子音。
2. 請記住發音的第一個重要原則「一個母音 (vowel)，一個音節 (syllable)」。如例字中的 ant [ænt]，只有 [æ] 是母音，所以該字只有一個音節（本身就是重音節，不需要重音符號）。[n]、[t] 為子音，必須跟著母音走。因此 ant 雖然有三個音，但是只有一個音節。
3. a, e, i, o, u 是字母，也是 5 個重要的母音，能夠念長音，也能念短音；而標注發音時則會加 [ ] 的框。例如 5 個短母音的念法為 [æ], [ɛ], [ɪ], [ɑ], [ʌ]。
4. 一個單字前使用不定冠詞 a 或者是 an 可由單字的音標判斷。

6 小測驗貼近你的心

有益檢視吸收的程度，時時檢視，才能學習 Update ！

小測驗

ssi, ssu, su 在下列單字中發 [ʃ] ㄒㄩ音，還是 [ʒ] ㄐㄩ音？

treasure 寶藏	pressure 壓力
usually 通常	fission 分裂
discussion 討論	casualty 傷亡人數
tissue 紙巾	pleasure 愉悅

解答請看 p.117。

8 字母索引省力學習

依照字母順序編列發音組合，並收錄單字例子對照，猶如字典隨你查！

A有哪些… p12

組合	讀音	例字
a	不發音	animal [ˈænəml] 動物 arrival [əˈraɪvl] 到達 total [ˈtotl] 總計
a [æ]	ㄜㄝ	ankle [ˈæŋkl] 腳踝 fashion [ˈfæʃən] 流行 task [tæsk] 任務

7 小叮嚀補強學習完整性

包含適時的補充以及叮嚀，立即支援學習。

小叮嚀

- “ˈ ” 上撇者為重音符號。
- 重音節音最強最高，次重節音次強次高。英文複合字原則上不論原字，如：…。

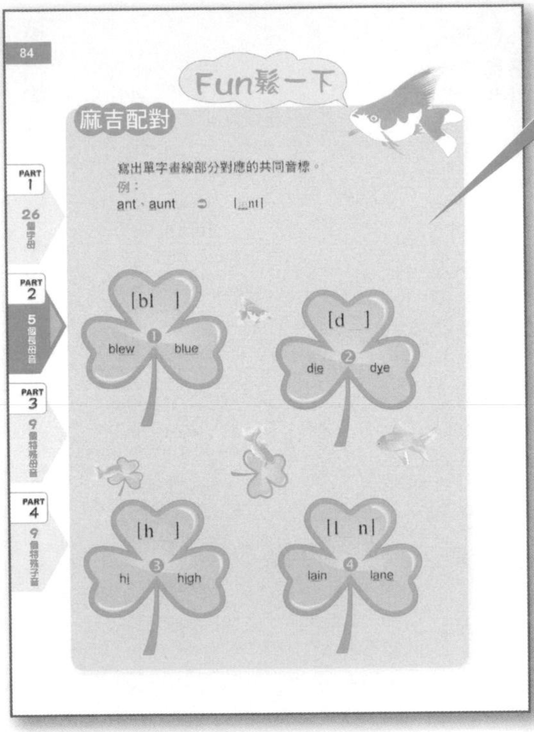

9 Fun鬆一下 充充電學得更深更多

設計活潑生動又簡單的趣味題，可讓讀者休息一下，切換閱讀模式替讀者充電打氣。

眼到、耳到、口到、心到，學習不再是難事！

10 複習評量+得分表

精選十回發音極易混淆的單字試題，挑戰讀者對KK音標的熟識度，評量學習成果，倍增口說實力！

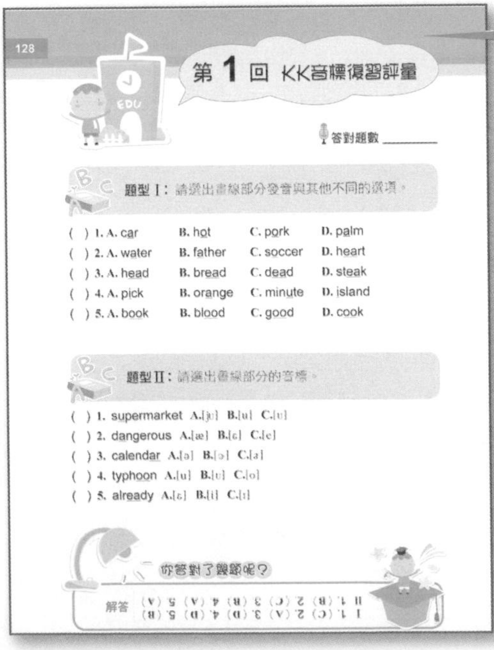

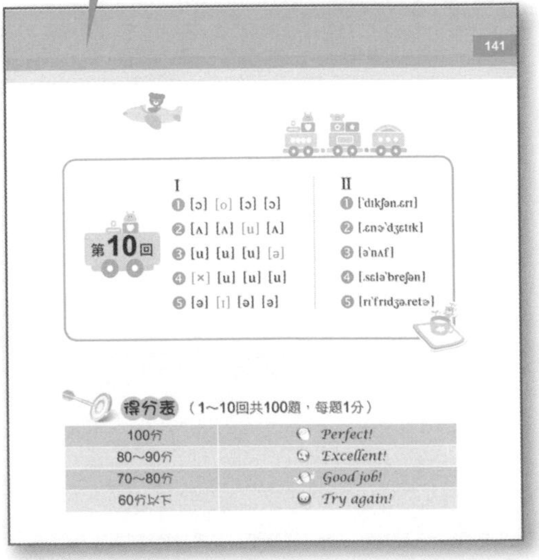

目錄 CONTENTS

CONTENTS

Part 2 5個長母音

Part 3 9個特殊母音

Part 4 9個特殊子音

PART 1

26個字母

包含 5 個短母音

[æ], [ɛ], [ɪ], [ɑ], [ʌ],

及子音

An apple a day keeps the doctor away.

[ˋæpl̩]

一天一蘋果，醫生遠離我
（多吃水果，有益健康）。

印刷體 Aa

書寫體 Aa

Aa Aa

Aa Aa

track01

字母音
[e]
ㄟ

音標音
[æ]
ㄜㄝ

短母音 發音時間較短之母音。

發音方式 舌尖抵下齒內側，張大嘴巴發音。

Speaking 嘴巴體操練習室

蟻蟻 ant

	a	n	t
	[æ	n	t]
拼音順序	1	2	3
注音easy K	ㄜㄝ	ㄣ	ㄊ˙
中文easy K	誒（安）	恩	特

單字便利記

房子是否安全，特別要注意有沒有很多螞蟻。

Q&A 音標洞察看這裡

1. 母音和子音的關係有些像吃牛排。母音就好比是那塊牛排，旁邊的配菜如玉米、紅蘿蔔等就像是子音。
2. 請記住發音的第一個重要原則「一個母音 (vowel)，一個音節 (syllable)」。如例字中的 ant [ænt]，只有 [æ] 是母音，所以該字只有一個音節（本身就是重音節，不需要重音符號）。[n]、[t] 為子音，必須跟著母音走。因此 ant 雖然有三個音，但是只有一個音節。
3. a, e, i, o, u 是字母，也是 5 個重要的母音，能夠念長音，也能念短音；而標注發音時則會加 [ ] 的框。例如 5 個短母音的念法為 [æ], [ɛ], [ɪ], [ɑ], [ʌ]。
4. 一個單字前使用不定冠詞 a 或者是 an 可由單字的音標判斷。例如：an apple 而不是 a apple 是由於 a 發短母音 [æ]。a pen 而不是 an pen 則是因為 p 發 [p] 音，為無聲子音。
5. a university 用 a 而不是 an 是因為 u 的音標 [ju] 中的 [j] 為有聲子音，所以並不是所有母音開頭的單字就加 an！
6. 研究看看為什麼一個小時用 an hour 而不是 a hour？（解答請看 P.24）

7. 字母 a 不是只發 [æ] 的音。為了好學，請您看到 a 時先試著從 [æ] 音標念。那麼，字母 a 還可發哪些常說的音呢？

⑴[ə] ㄦ，如：ago [ə`go]　之前

記法　兒子的狗之前走失了。

a 不在重音節 (stress syllable) 時，常發 [ə] 音。「重音節」在字母 B 時再作說明。請注意，a, e, i, o, u 字母不在重音節時，常念 [ə]。

⑵[ɑ] ㄚ，如：father [`fɑðɚ]　父親

記法　父親發了兒一頓脾氣。

a 前面有 w 時，也常發 [ɑ] 音，如：watch [wɑtʃ]　手錶

記法　青蛙也要娶妻戴手錶。

a 後面有 r 時，常念 [ɑ]，如：car [kɑr]　車

記法　車牌上卡到一隻飛蛾。

⑶[e] ㄟ，如：cake [kek] 蛋糕，mail [mel] 郵寄，say [se] 說等字，在長母音部分時詳加說明。

⑷[ɪ] ㄧ，如：orange [`ɔrɪndʒ] 柳橙，garbage [`gɑrbɪdʒ] 垃圾等。當 a 與 ge 相連時常念 [ɪ]。

⑸[ɛr] ㄝㄜ，如：care [kɛr] 關心，hare [hɛr] 野兔，chair [tʃɛr] 椅子，fair [fɛr] 商品展覽會等。

⑹[jə] ㄧㄝㄦ（為特例）。如：piranha [pɪ`rɑnjə] 食人魚，h 不發音。

⑺其他有關 a 字母的變化發音請參考「KK 音標字母索引櫥窗」。

Birds of a feather flock together.

[bɝdz]

物以類聚。

印刷體 **Bb**

書寫體 *Bb*

Bb Bb

Bb Bb

track02

字母音

[bi]

ㄅㄧˋ

音標音

[b]

ㄅ

有聲子音 振動聲帶發音（以手指輕碰喉頭發音會感覺振動）。

發音方式 上下唇碰觸發音。

Speaking 嘴巴體操練習室

嬰兒 **baby**

	b	a	b	y
	[ˋb	e	b	ɪ]
拼音順序	2	1	4	3
注音easy K	ㄅ	ㄟ	ㄅ	ㄧ˙
中文easy K	杯		筆	

單字便利記

嬰兒把杯子放在筆上。

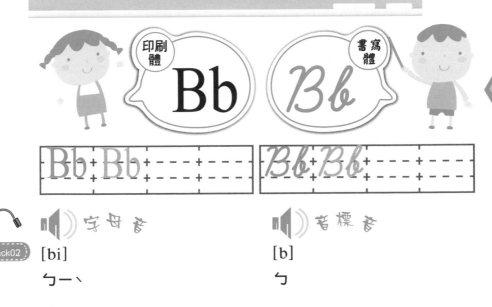

Q&A 音標洞察看這裡

1.「`」重音符號 (stress mark) 表示該音節要念高音。發音的第二個重要原則是兩個（含）以上的音節有重音符號。

2. baby 有兩個母音 [e] 和 [ɪ]，所以有兩個音節。而重音節在第一音節，因此第一音節的音要拉高。

3. 會念 [b] 音還有單字前有 s 的 p 音節。如：speed [spid] 速度，念法近似 [sbid]。

4. mb 相連在同一音節時，b 不發音。如：bomb [bam] 炸彈。其他例字有：climb, comb, dumb, lamb, tomb, womb 等。然而，mb 不在同一音節時，mb 均可發音。如：remember [rɪ`mɛmbɚ] 記得，重音在第二音節，所以第二音節要拉高。請注意 [ ] 內 mb 相連的 m 屬第二音節 [mɛm] 念ㄇㄨ。mb 相連的 b 屬第三音節的 [bɚ] 發ㄅ音。

5. 另 bt 相連時，b 不發音。如：debt [dɛt] 債務，doubt [daut] 懷疑等。

It is no use crying over spilt milk.

[ˋkraɪɪŋ]

覆水難收。

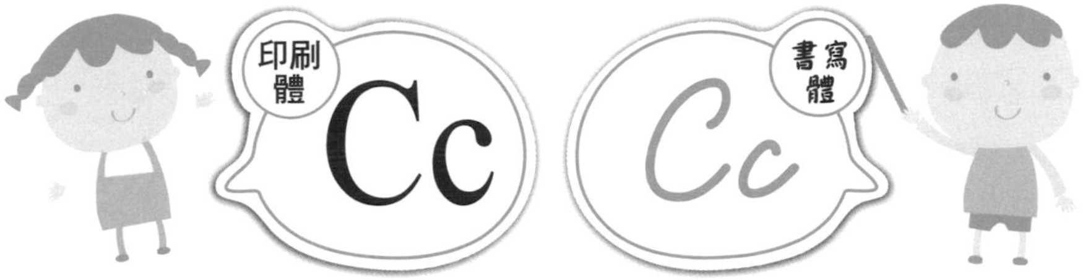

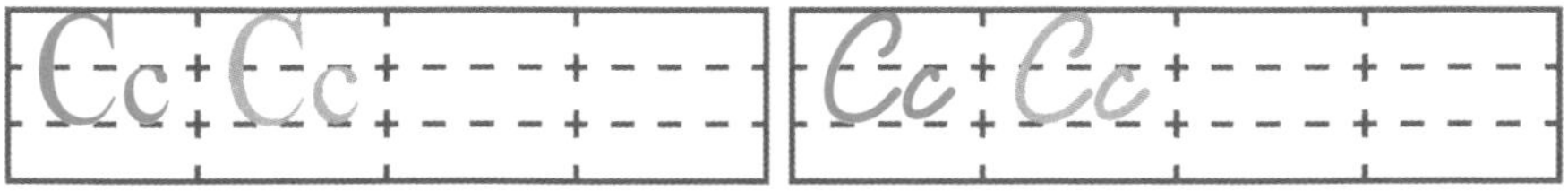

track03

字母音

[si]

ㄙㄧˋ

音標音

[k]

ㄎ

無聲子音 音用氣送出不過聲帶（以手指輕碰喉頭發音不會感覺振動）。

發音方式 嘴巴略張，舌尖抵下齒內側，由喉部送氣發音。

Speaking 嘴巴體操練習室

警察	c	o	p
cop	[k	ɑ	p]
拼音順序	2	1	3
注音easy K	ㄎ	ㄚ	ㄆㄨ
中文easy K	卡		普

單字便利記

卡在吉普車上的警察。

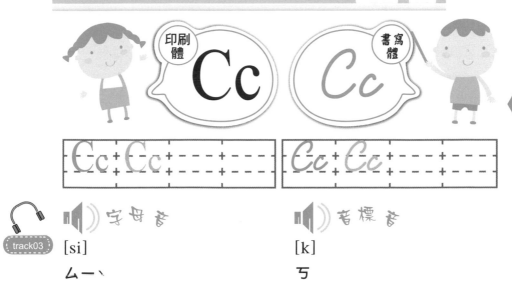

1. 會發 [k] ㄎ的音除 c 外，還有 stomach（胃），chick（小雞），kiss（吻），Iraq（伊拉克），technique（技術）等。
2. 當 c 在 e, i, y 前時，絕大部分發 [s] ㄙ音。例如：

cell [sɛl] 細胞	cell phone [ˋsɛl fon] 行動電話
cider [ˋsaɪdɚ] 蘋果酒	city [ˋsɪtɪ] 城市
cycle [ˋsaɪkl̩] 周期	cyclone [ˋsaɪklon] 旋風

特例 **cello** [ˋtʃɛlo] 大提琴，c 念 [tʃ] ㄑ音。

Speak of the devil and he will appear.

[ˋdɛvḷ]

說曹操，曹操就到。

印刷體

Dd

書寫體

Dd

Dd Dd | *Dd Dd*

track04

字母音

[di]

ㄉㄧˋ（地）

音標音

[d]

ㄉ（的）

有聲子音 振動聲帶發音。

發音方式 舌尖抵上齒內側後，向外彈開。

Speaking 嘴巴體操練習室

窗戶 window

	w	i	n	d	o	w
	[ˋw	ɪ	n	d	o]	
拼音順序	2	1	3	5	4	
注音easy K	ㄨㄛ	ㄧ	ㄣ	ㄉ	ㄡ	
中文easy K		蚊		都		

單字便利記

蚊子都飛出窗戶外。

Q&A 音標洞察看這裡

1. 會發 [d] 音的尚有 -ed。如：played（玩），listened（傾聽）等，當 -ed 在母音或有聲子音後面念 [d]。另 needed（需要），wanted（想要）等，其 -ed 在字尾 d、t 後面時念 [ɪd]。至於 -ed 在一般無聲子音後面時念 [t]，如：walked, passed。
2. 也有 d 不發音的字，如：handsome（英俊的），Wednesday（星期三），handkerchief（手帕）。
3. -dge 念 [dʒ] 如：badge（徽章），bridge（橋）；-du 念 [dʒu] 如：education（教育），schedule（進度表）。

Kill the goose that lays the golden eggs.

[ɛgz]

殺雞取卵。

Ee Ee

Ee Ee

track05

字母音

[i]

一丶

音標音

[ɛ]

ㄝ

短母音　發音時間較短之母音。

發音方式　嘴型半開，舌尖抵下齒內側發音。

Speaking 嘴巴體操練習室

腿 leg

	l	e	g
	[l	ɛ	g]
拼音順序	2	1	3
注音easy K	ㄌ	ㄝ	ㄍ
中文easy K	累		擱

單字便利記

他累到把腿擱在桌子上。

Q&A 音標洞察看這裡

1. e 可發 [ɪ] 一音，如：eleven [ɪˋlɛvən] 十一。
2. e 不在重音節可發 [ə] ㄦ音，如：seven [ˋsɛvən] 七。a, e, i, o, u 不在重音節通常發 [ə] ㄦ音。
3. ea 可發 [ɛ] ㄝ音，如：head [hɛd] 頭，bread [brɛd] 麵包。（其他單字補充請詳見 p.66。）
4. ea 亦發 [i] 一丶音，如：sea [si] 海，tea [ti] 茶。
5. [i] 為長母音，其後長母音部分再作進一步說明。

Time ***flies.***

[flaɪz]

光陰似箭。

Ff Ff | *Ff Ff*

track06

字母音

[ɛf]

ㄝㄈ

音標音

[f]

ㄈ

無聲子音 音用氣送出不過聲帶（以手指輕碰喉頭發音不會感覺振動）。

發音方式 上齒輕咬下唇吐氣發音。

食物

food

	f	o	o	d
	[f	u		d]
拼音順序	2	1		3
注音easy K	ㄈ	ㄨ丶		ㄉ˙
中文easy K	付			的

單字便利記

這些是他付錢買的食物。

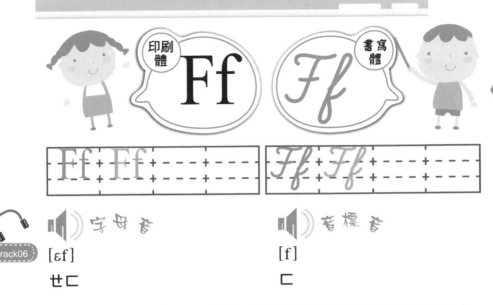

Q&A 音標洞察看這裡

1. ff 也念 [f]，如：coffee [ˋkɔfɪ] 咖啡，office [ˋɔfɪs] 辦公室。
2. 除了 f、ff 外，念 [f] 音的還有：
   ⑴ gh 如：enough [ɪˋnʌf] 足夠的，laugh [læf] 大笑。
   ⑵ ph 如：photo [ˋfoto] 相片，telephone [ˋtɛləfon] 電話。
3. 介系詞 of 是特例，其 of 發音為 [ɑv] 或 [əv]。f 讀 [v] 音，上齒輕咬下唇振動聲帶發音。

P.13・答案

因為 hour [aʊr] 的 h 不發音，而 [aʊ] 為特殊母音，所以前面定冠詞用 an。

All that glitters is not gold.

[ˋglɪtɚz]

發亮的未必是黃金。

（中看未必中用）

印刷體 Gg

書寫體 *Gg*

Gg Gg

Gg Gg

track07

字母音

[dʒi]

ㄐㄧˋ

音標音

[g]

ㄍ

有聲子音　振動聲帶發音（以手指輕碰喉頭發音會感覺振動）。

發音方式　嘴微開，舌平放發音。

Speaking 嘴巴體操練習室

愉快

glad

	g	l	a	d
	[g	l	æ	d]
拼音順序	4	2	1	3
注音easy K	ㄍ	ㄌㄜㄝ		ㄉ·
中文easy K	哥	累		得

單字便利記

哥哥打完球累得很愉快。

Q&A 音標洞察看這裡

1. g 除了發 [g] ㄍ音，亦可發 [dʒ] ㄐ（居）音。如：gym [dʒɪm] 體育館。
2. -ge, -dge 亦可發 [dʒ]，如：orange [ˋɔrɪndʒ] 柳橙，fridge [frɪdʒ] 冰箱。
3. gh 相連念 [f]，如：enough [ɪˋnʌf] 足夠的。但 igh 相連時，gh 不發音，如：high [haɪ] 高，night [naɪt] 夜晚。另外，ghost [gost] 鬼魂，h 不發音。
4. gr 相連時讀「ㄍㄨ ㄖㄨ」，如：great [gret] 偉大，grow [gro] 成長。不要念成「ㄍ ㄖㄨ」，會走音的。
5. -gue 在字尾時，ue 不發音，如：tongue [tʌŋ] 舌頭，vogue [vog] 流行時尚。

Heaven helps **those who help themselves.**

[ˋhɛvən] [hɛlps]

天助自助者。

Hh Hh

Hh Hh

track08

字母音

[etʃ]

ㄟㄑ

音標音

[h]

ㄏ

無聲子音 音用氣送出不過聲帶（以手指輕碰喉頭發音不會感覺振動）。

發音方式 嘴張開由口腔哈氣發音。

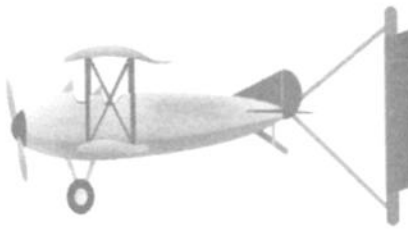

Speaking 嘴巴體操練習室

帽子 **hat**

	h	a	t
	[h	æ	t]
拼音順序	2	1	3
注音easy K	ㄏ	ㄜㄝ	ㄊ
中文easy K		黑	特

單字便利記

夏天不戴大草帽皮膚黑得特別快。

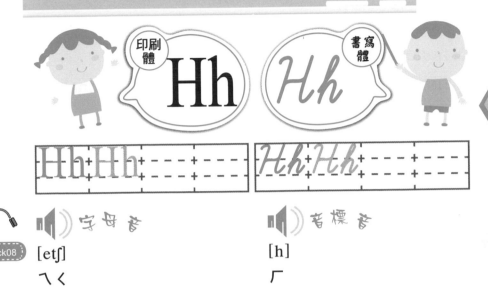

Q&A 音標洞察看這裡

1. h 也有不發音的時候，常見的單字如：hour [aʊr] 小時，honest [ˋɑnɪst] 誠實的，其前冠詞須用 an，如：an hour, an honest man。
2. gh, ph 相連時念 [f]，如：laugh [læf] 笑、photo [ˋfoto] 相片。(參考字母 G)。
3. ch 相連時通常念 [tʃ] ㄑ，如：check [tʃɛk] 檢查。亦可念 [k] ㄎ，如：stomach [ˋstʌmək] 胃。
4. sh 相連時通常念 [ʃ] ㄒㄩ，如：ship [ʃɪp] 船艦。
5. th 相連時通常念 [θ]，舌尖伸出齒外上翻發ㄙ音，如：tooth [tuθ] 牙齒；有時念 [ð]，舌尖伸出齒外上翻發ㄗ音，如：this [ðɪs] 這個。

Where there is a will there is a way.

[wɪl]

有志者事竟成。

印刷體 Ii

書寫體 Ii

track09

字母音

[aɪ]

ㄞ

音標音

[ɪ]

ㄧ

短母音 發音時間較短之母音。

發音方式 嘴巴張開，舌尖置齒間發音。

Speaking 嘴巴體操練習室

坐

sit

	s	i	t
	[s	ɪ	t]
拼音順序	2	1	3
注音easy K	ㄙ	ㄧ	ㄊ
中文easy K	死	一	特

單字便利記

坐電椅總比死一個特務好。

Q&A 音標洞察看這裡

1. i 可發 [aɪ] ㄞ音，如：idea [aɪˋdiə] 思想。
2. i 不在重音節時念 [ə] ㄦ，如：security [sɪˋkjʊrətɪ] 安全警衛。
3. i 有連音的時候，如：pencil [pɛnsl̩] 鉛筆，cousin [ˋkʌzn̩] 堂（表）兄弟姐妹。（請參考 p.36 小叮嚀）
4. ie 或 i-e 相連時常念 [aɪ] ㄞ，如：tie [taɪ] 領帶，line [laɪn] 管線。
5. ine 發 [in] 一丶ㄣ，如：magazine [ˏmægəˋzin] 雜誌，routine [ruˋtin] 例行公事。但有特例：medicine [ˋmɛdəsn̩] 藥，-ine 發 [n̩] 音。
6. i 讀 [j] 一ㄝ是特例，如：convenient [kənˋvɪnjənt] 便利的。

Do not judge a book by its cover.

[dʒʌdʒ]

勿以貌取人。

印刷體 Jj

書寫體 Jj

Jj Jj

Jj Jj

字母音

track10

[dʒe]

ㄐㄟ

音標音

[dʒ]

ㄐ

有聲子音 振動聲帶發音（以手指輕碰喉頭發音會感覺振動）。

發音方式 圓唇捲舌，口稍開發音。

Speaking 嘴巴體操練習室

跳

jump

	j	u	m	p
	[dʒ	ʌ	m	p]
拼音順序	2	1	3	4
注音easy K	ㄐ	ㄜㄚ	ㄇㄨ	ㄆㄨ
中文easy K	將		母	僕

單字便利記

將母親的僕人送去學跳舞。

PART 1
26個字母
PART 2
5個長母音
PART 3
9個特殊母音
PART 4
9個特殊子音

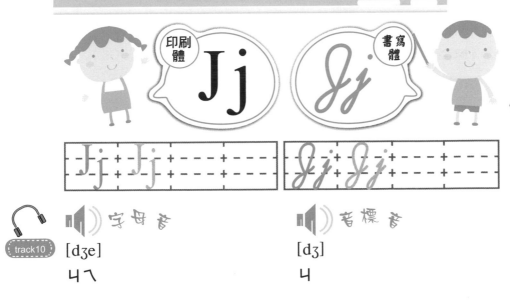

Q&A 音標洞察看這裡

1. 會發 [dʒ] 音的還有 g, ge, dge 和 du 的 d 等。如：gin [dʒɪn] 杜松子酒（琴酒），George [dʒɔrdʒ] 喬治（男子名），bridge [brɪdʒ] 橋，graduate [ˋgrædʒʊet] 畢業。
2. marijuana 大麻 [ˏmarɪˋhwɑnə] 中的 j 念 [h] ㄏ。San Juan [sæn ˋhwan] 聖胡安（中美洲波多黎各之首都）中的 J 念 [h] ㄏ，算是特例。

The pot calling the kettle black.

['kɛtḷ]

五十步笑百步。

字母音 [ke] ㄎㄟ

音標音 [k] ㄎ

track11

無聲子音 音用氣送出不過聲帶（以手指輕碰喉頭發音不會感覺振動）。

發音方式 嘴微開舌尖底下齒內側，由喉部送氣發音。

Speaking 嘴巴體操練習室

風箏 kite

	k	i	t	e
	[k	aɪ	t	]
拼音順序	2	1	3	
注音easy K	ㄎ	ㄞ	ㄊ	
中文easy K	凱		特	

單字便利記

凱子特別愛風箏。

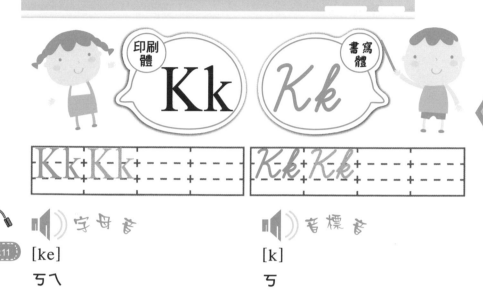

Q&A 音標洞察看這裡

1. 會發 [k] 的音尚有 c（cat 貓），ck（back 回去），k（king 國王），ke（like 喜歡），q（Iraq 伊拉克），qu（bouquet 花束），que（technique 技法）等。
2. 當無聲子音如 [k] ㄎ前有無聲子音 [s] ㄙ時，音標的 [k] 要念成 [g] ㄍ音。

   例：

   school [skul] 念 [sgul] 學校；sky [skaɪ] 念 [sgaɪ] 天空。

   其他轉音例：

   spring [sprɪŋ] 念 [sbrɪŋ] 春天；stop [stɑp] 念 [sdɑp] 停止。

It is no use crying over spilt milk.

[spɪlt] [mɪlk]

覆水難收。

印刷體 **L l**　　書寫體 *Ll*

track12

字母音

[ɛl]

ㄝㄛˇ

音標音

[l] ; [l̩]

母音前念ㄌ；母音後念ㄛˇ

有聲子音 振動聲帶發音（以手指輕碰喉頭發音會感覺振動）。

發音方式 [l] ㄌ音嘴半張開，舌尖抵上顎彈開發音；念ㄛˇ時，嘴唇成橫扁式橢圓形發音。

Speaking 嘴巴體操練習室

小的

little

l i tt le

[ˋl ɪ t l̩]

拼音順序 2 1 4 3

注音easy K ㄌㄧ ㄊㄛˇ

中文easy K 李 偷

單字便利記

李子被偷走的都是小顆的。

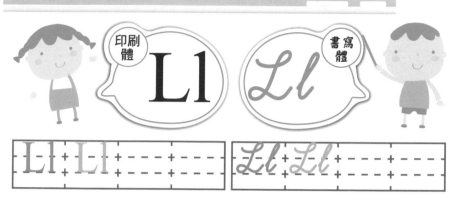

Q&A 音標洞察看這裡

除 l 外，可發 [l] 音的尚有 ll 如：balloon[bə`lun] 氣球，[l] 在母音 [u] 前讀ㄌ。le 的發音，如：file[faɪl] 檔案，[l] 在母音 [aɪ] 後讀ㄛˇ；lle 的發音，如：Michelle[mɪ`ʃɛl] 米雪兒（女子名），[l] 在母音 [ɛ] 後讀ㄛˇ。

小叮嚀

▶ [l] 在母音後發ㄛˇ音。
例如：milk [mɪlk] 牛奶　spill [spɪl] 灑
（因為前有母音 [ɪ]，所以用 [l]）
[ḷ] 相當於 [əl]，l 在母音後發ㄛˇ音常見於字尾。
例如：animal [`ænəmḷ] 動物　pencil [`pɛnsḷ] 鉛筆

It is never too late to mend.

[mɛnd]

亡羊補牢，猶未晚也。

Mm Mm

Mm Mm

track13

字母音

[ɛm]

ㄝ ㄇㄨ

音標音

[m]

母音前念ㄇㄜ

母音後念ㄇㄨ

有聲子音 振動聲帶發音（以手指輕碰喉頭發音會感覺振動）。

發音方式 [m] 嘴先閉合再半開吐ㄇㄜ音；嘴緊閉發ㄇㄨ音。

Speaking 嘴巴體操練習室

老鼠 **m ouse**

mouse [m au s]

拼音順序	2 1 3
注音easy K	ㄇ ㄠ ㄙ
中文easy K	貓 死

單字便利記

貓死了老鼠就快樂。

PART 1 26個字母
PART 2 5個長母音
PART 3 9個特殊母音
PART 4 9個特殊子音

Q&A 音標洞察看這裡

筆者曾在讀者文摘 (***Reader's Digest***) 看到一則雋永小語，期盼與各位讀者分享。請注意 matter 和 mind 的名詞 (N.) 及動詞 (V.) 的語意用法：

Age is a matter of mind; if you don't mind, it doesn't matter.

N.（事物） N.（心智） V.（在意） V.（關係）

年齡是一種關於心智的東西，如果你不在意，那就沒關係。

（年齡不是問題，心態比較重要。）

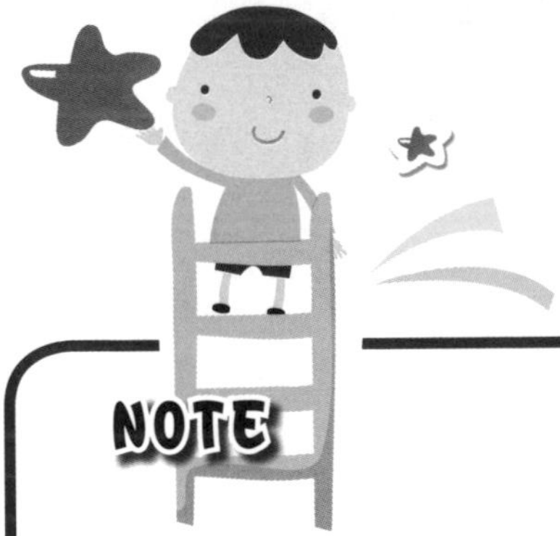

Give a dog bad name and hang him.

[nem]

欲加之罪，何患無辭。

印刷體 Nn　書寫體 Nn

track14

字母音

[ɛn]

ㄝ ㄣ

音標音

[n]

母音前念ㄋ；母音後念ㄣ

有聲子音　振動聲帶發音（以手指輕碰喉頭發音會感覺振動）。

發音方式　[n] 嘴微開舌尖抵上齒以鼻腔氣發ㄋ音；嘴微開舌面平放發ㄣ音。

Speaking 嘴巴體操練習室

中午

noon

n oo n

[n u n]

拼音順序	2 1 3
注音easy K	ㄋ ㄨˋ ㄣ
中文easy K	努 嗯

單字便利記

到了中午才去廁所努力嗯嗯。

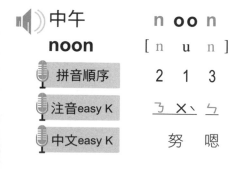

Q&A 音標洞察看這裡

1. -n 組合：

⑴ gn（g 不發音）：sign [saɪn] 標示牌，foreign [ˋfɔrɪn] 外國的。

⑵ kn（k 不發音）：knee [ni] 膝蓋，know [no] 知道。

⑶ mn（n 不發音）：autumn [ˋɔtəm] 秋天，column [ˋkɑləm] 圓柱。

2. 請注意：sign [saɪn]（簽名）中，gn 發 [n] ㄣ音，而 sing [sɪŋ]（唱歌）中的 ng 發 [ŋ] ㄥ音，兩者音義不同。

小叮嚀

▶ 音標 [n̩] 代表 [ən]。
例如：seven [ˋsevn̩] 七　thousand [ˋθauzn̩d] 千。

Opportunity **seldom knocks twice.**

[ˌɑpɚˋtjunətɪ]

機會難再臨。

（福無雙至）

印刷體

Oo

書寫體

Oo

Oo Oo | *Oo Oo*

track15

字母音

[o]

ㄡ

音標音

[ɑ]

ㄚ

短母音　發音時間較短之母音。

發音方式　嘴型張大發「啊」音。

Speaking 嘴巴體操練習室

熱

hot

	h	o	t
	[h	ɑ	t]
拼音順序	2	1	3
注音easy K	ㄏ	ㄚ	ㄊ
中文easy K		哈	特

單字便利記

打哈欠特別怕熱。

Q&A 音標洞察看這裡

1. o 字母尚可發 [ʌ] ㄜㄚ音，如：oven（烤爐）；發 [o] ㄡ音，如 old（老）；發 [ɔ] ㄛ音，如：cost（花費）；不在重音節時念 [ə] ㄦ音，如：today [tə'de] 今天。
2. 其他常見字母 o 組合有：

oa [o] boat 船	or [ɝ] work 工作	ou [ɔ] bought 買
oe [o] toe 腳拇指	or [ɚ] color 顏色	ou [ə] famous 有名
oi [ɔɪ] oil 油	ou [ʌ] touch 觸摸	ow [o] snow 雪
oo [u] fool 呆子	ou [o] soul 靈魂	ow [aʊ] now 現在
oo [ʊ] book 書	ou [u] soup 湯	oy [ɔɪ] oyster 生蠔
oo [ʌ] blood 血	ou [ʊ] could 能	
or [ɔr] fork 叉子	ou [aʊ] loud 大聲	

There is no place like home.

[ples]

金窩銀窩不如自己的狗窩。

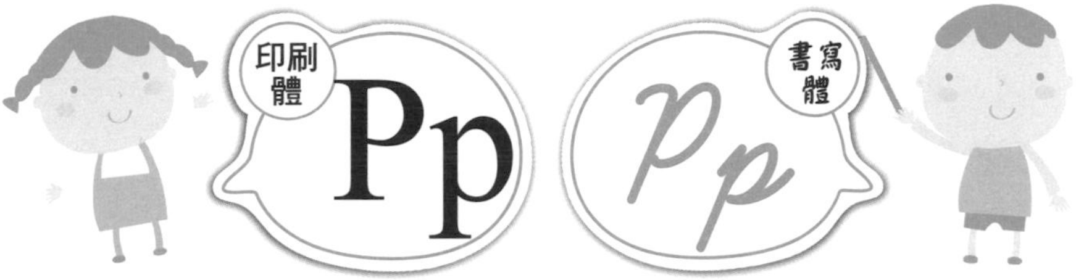

track16

字母音

[pi]

ㄆㄧˋ

音標音

[p]

ㄆ

無聲子音 音用氣送出不過聲帶（以手指輕碰喉頭發音不會感覺振動）。

發音方式 閉嘴再開圓形小口吐氣發音。

Speaking 嘴巴體操練習室

豬肉 **pork**

	p	or	k
	[p	ɔr	k]
拼音順序	2	1	3
注音easy K	ㄆ	ㄛㄜ	ㄎ
中文easy K		坡	嗑

單字便利記

東坡肉值得大嗑一頓

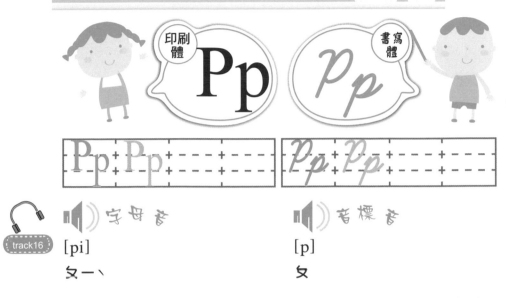

Q&A 音標洞察看這裡

1. p 前有 s 須讀 [b] ㄅ音，如：春天 spring [sprɪŋ]，念 [sbrɪŋ]。
2. p 有時不發音，如：corps [kor] 軍團，psychology [saɪˋkɑlədʒɪ] 心理學，pterodactyl [ˏtɛrəˋdæktɪl] 翼手龍，receipt [rɪˋsit] 收據。

There are two sides to every question.

[ˋkwɛstʃən]

公說公有理，婆說婆有理。

Qq	Qq			Qq	Qq		

track17

字母音

[kju]

ㄎ ㄧㄝ ㄨ、

(you)

音標音

[k]

ㄎ

無聲子音 音用氣送出不過聲帶（以手指輕碰喉頭發音不會感覺振動）。

發音方式 嘴微開舌尖抵下齒內側，由喉部送氣發音。

伊拉克

Iraq

	I	r	a	q
	[ɪ	ˋr	ɑ	k]
拼音順序	4	2	1	3
注音easy K	ㄧ	ㄖㄨ	ㄚ	ㄎ
中文easy K	伊	拉		克

單字便利記

美國攻打中亞的伊拉克。

1. 翻開字典到 q 字母部分，您會發覺 97% 以上開頭的是 qu。如：quick [kwɪk] 快速。請注意，qu 不發 [k] ㄎ音，而是發 [kw] ㄎㄨㄜ音，qu 的 u 是發 [w] ㄨㄜ音。
2. 會發 [k] ㄎ音的 q 字母組有：

q-	Qatar [ˋkɑtar] 卡達（阿拉伯半島上一國家）
qu-	bouquet [buˋke] 花束（注意 t 不發音）
-que	technique [tɛkˋnik] 技巧

It never rains but it pours.
[renz]
屋漏偏逢連夜雨。

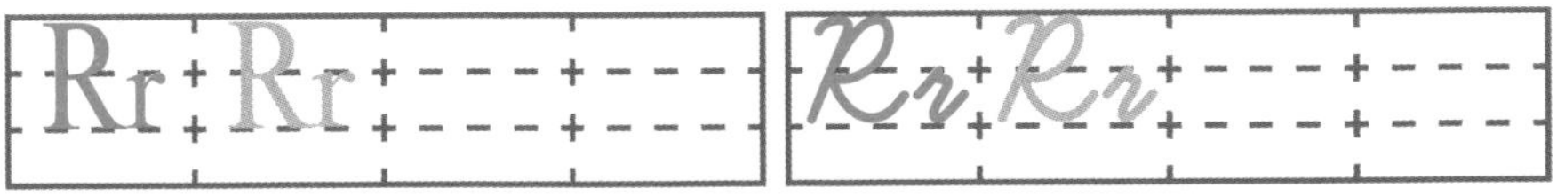

track18

字母音

[ɑr]
ㄚㄜ

音標音

[r]
母音前念ㄖㄨ
母音後念ㄜ

有聲子音 振動聲帶發音（以手指輕碰喉頭發音會感覺振動）。

發音方式
[r] ㄖㄨ音，嘴唇鼓，呈圓形，舌面內捲發音。
[r] ㄜ音，嘴微開，呈一字形，舌尖略翹不用捲起。

後面
rear

	r	ea	r
	[r	ɪ	r]
拼音順序	2	1	3
注音easy K	ㄖㄨ	一	ㄜ
中文easy K	如意		鵝

單字便利記

為了祈求大家萬事如意，他決心不吃鵝肉。

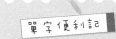

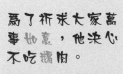

Q&A 音標洞察看這裡

1. 當 r 在母音前有 b（brown 棕色），c（cry 哭），f（free 自由的），g（grow 成長），k（krill 磷蝦），此類字母其前的音受 r [r] ㄖㄨ音影響，均加 [ʊ] ㄨ音。如：brown [braʊn] 念ㄅㄨ ㄖㄨ ㄠㄣ，不是ㄅ ㄖㄨ ㄠㄣ；cry [kraɪ] 念ㄎㄨ ㄖㄨ ㄞ而不是ㄎ ㄖㄨㄞ。其餘依此類推發音。

2. 常見 r 字母組有：

ar	arm [ɑrm] 手臂	car [kɑr] 汽車
air	chair [tʃɛr] 椅子	hair [hɛr] 頭髮
are	care [kɛr] 關心	hare [hɛr] 野兔
*ary	February [ˋfɛbrʊˏɛrɪ] 二月	dictionary [ˋdɪkʃənˏɛrɪ] 字典
*ary	diary [ˋdaɪərɪ] 日記	salary [ˋsælərɪ] 薪資
ear	dear [dɪr] 親愛的 heart [hɑrt] 心臟	bear [bɛr] 熊
eer	cheer [tʃɪr] 喝采	deer [dɪr] 鹿
eir	heir [ɛr] 繼承人 weird [wɪrd] 詭異的	their [ðɛr] 他們的
ere	here [hɪr] 這裡 there [ðɛr] 那裡	sincere [sɪnˋsɪr] 誠摯的
oar	board [bord] 黑板	soar [sor] 高漲
oor	door [dor] 門	poor [pʊr] 貧窮的
or	fork [fɔrk] 叉子	lord [lɔrd] 主人
ore	before [bɪˋfor] 以前	core [kor] 核心
our	hour [aʊr] 小時	pour [por] 灌注

* ary 在單字中發音隨著重音節及次音節而有所不同。例如有次重音符 -ary 發 [ɛrɪ]（例 library[ˋlaɪˏbrɛrɪ] 圖書館）；不在重音節的 -ary 發 [ərɪ]（例 diary 日記）。

Seeing **is believing.**

[ˋsiɪŋ]

眼見為憑。

track19

字母音

[ɛs]

ㄝㄙ

音標音

[s]

ㄙ

無聲子音 音用氣送出不過聲帶（以手指輕碰喉頭發音不會感覺振動）。

發音方式 上下齒咬合送氣發音。

Speaking 嘴巴體操練習室

海 **sea**	s	ea
	[s	i]
拼音順序	2	1
注音easy K	ㄙ	ㄧˋ
中文easy K	死	以

單字便利記

死海是一個位於以色列與約旦之間的鹹水湖。

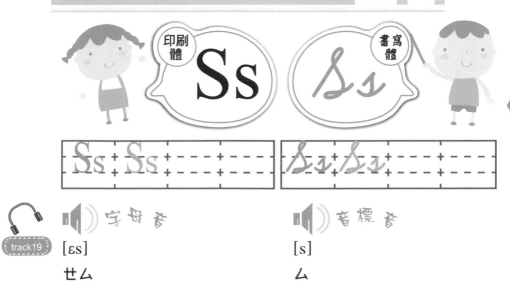

Q&A 音標洞察看這裡

1. 會發 [s] 的字母組尚有 ce，如：rice [raɪs] 米飯；字母組 sc，如：science [ˋsaɪəns] 科學；字母組 ss，如：bless [blɛs] 祝福。
2. 單字中，如 s 後接無聲子音字母時，該無聲子音須念成有聲：

sky（天空）	音標為 [skaɪ]，但須念成 [sgaɪ]。
sphere（球面）	音標為 [sfɪr]，但須念成 [svɪr]。
sport（運動）	音標為 [sport]，但須念成 [sbort]。
stop（停止）	音標為 [stɑp]，但須念成 [sdɑp]。
street（街道）	音標為 [strit]，但須念成 [sdrit]。

Time and tide wait for no man.

[taɪm] [taɪd]

歲月不饒人。

印刷體 Tt

書寫體 *Tt*

Tt Tt

Tt Tt

track20

字母音

[ti]

ㄊㄧˋ

音標音

[t]

ㄊ

無聲子音 音用氣送出不過聲帶（以手指輕碰喉頭發音不會感覺振動）。

發音方式 舌尖抵上齒內側再張口向外彈開送氣發音。

Speaking 嘴巴體操練習室

老虎

tiger

	t	i	g	er
	[ˋt	aɪ	g	ɚ]
拼音順序	2	1	4	3
注音easy K	ㄊ	ㄞ	ㄍ	ㄦˊ
中文easy K	泰		戈	爾

單字便利記

泰戈爾（Tagore）是詩人不是老虎。

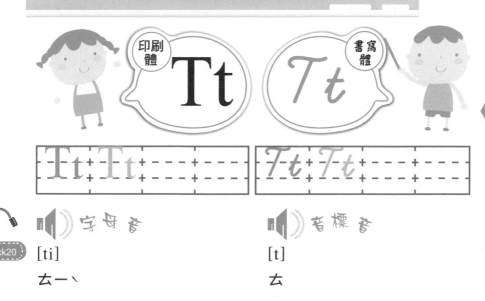

Q&A 音標洞察看這裡

1. 單字中，如 t 前有 s 無聲子音 [s] 時，t 須讀成有聲子音 [d] ㄉ：

sting（螫刺）	音標為 [stɪŋ]，但須念成 [sdɪŋ]。
stone（石頭）	音標為 [ston]，但須念成 [sdon]。
student（學生）	音標為 [ˋstjudn̩t]，但須念成 [ˋsdjudn̩t]。
study（用功）	音標為 [ˋstʌdɪ]，但須念成 [ˋsdʌdɪ]。

2. ts 相連時，音標 [ts] 發ㄘ音。例如：boots [buts] 靴子。（請念ㄅㄨˋ ㄘ，不要念成ㄅㄨˋ ㄊㄙ）

小叮嚀

- ds 相連時，音標 [dz] 發ㄗ音。例如：words [wɝdz] 字，請念ㄨㄜˋ ㄗ，不要念ㄨㄜˋ ㄉㄗ。

*To err is **human**.*

[ˋhjumən]

人非聖賢，孰能無過。

track21

字母音

[ju]

ㄧㄝㄨˋ

(you)

音標音

[ʌ]

ㄜㄚ

短母音 發音時間較短之母音。

發音方式 嘴略張開發ㄜㄚ連音。

Speaking 嘴巴體操練習室

公車

bus

	b	u	s
	[b	ʌ	s]
拼音順序	2	1	3
注音easy K	ㄅ	ㄜㄚ	ㄙ
中文easy K	巴		士

單字便利記

巴士就是公共汽車。

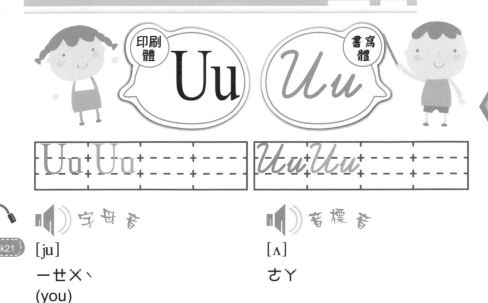

Q&A 音標洞察看這裡

1. u 字母除可發 [ʌ] ㄜㄚ音外，尚可發以下音：

發音	例如	
[ɪ] 一	busy [ˋbɪzɪ] 忙碌	minute [ˋmɪnɪt] 分鐘
[ju] you	uniform [ˋjunə͵fɔrm] 制服	use [juz] 使用
[ə] ㄦ	album [ˋælbəm] 專輯	focus [ˋfokəs] 焦距
[jə] 一ㄝㄦ	calculus [ˋkælkjələs] 微積分	turbulence [ˋtɝbjələns] 亂流

2. 除 u 字母可發 [ʌ] ㄜㄚ音，尚有以下字母組發 [ʌ] 音：

⑴ o 字母前有上顎音如 [d]、[k] 或鼻腔音如 [m]、[n]，如：come [kʌm] 來，done [dʌn] 做，Monday [ˋmʌnde] 星期一，none [nʌn] 無。

⑵ oo 字母組，如：blood [blʌd] 血，flood [flʌd] 淹水。

⑶ ou 字母組，如：tough [tʌf] 堅強，trouble [ˋtrʌbl̩] 麻煩，touch [tʌtʃ] 觸摸。

3. 字母 A 部分曾扼要說明單字如何接不定詞 a 或 an。現在則以 26 個字母細分以作參考：

⑴ 接不定冠詞 an 的字母（字母音前為母音者）：

A [e], E [i], F [ɛf], H [etʃ], I [aɪ], L [ɛl], M [ɛm], N [ɛn], O [o], R [ɑr], S [ɛs], X [ɛks]

⑵ 接不定冠詞 a 的字母（字母音前為子音者）：

B [bi], C [si], D [di], G [dʒi], J [dʒe], K [ke], P [pi], Q [kju], T [ti], U [ju], V [vi], W [ˋdʌbl̩ju], Y [waɪ], Z [zi]

由上述可知是 a UFO，不是 an UFO，因為 UFO（飛碟）的 U 發 [ju] 音，其中的 [j] 一せ，是有聲子音不是母音。同樣可知是 an MRT，不是 a MRT。因為 MRT（捷運）中的 M 發 [ɛm]，[ɛm] 中的 [ɛ] せ為母音。希望各位讀者多加熟悉，不要再輕易「上當」了！

Nothing venture, nothing have.

['vɛntʃɚ] [hæv]

不入虎穴，焉得虎子。

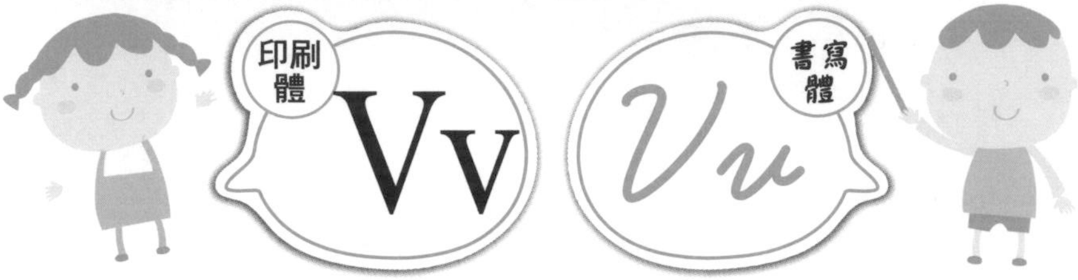

Vv Vv

track22

字母音

[vi]

ㄈ*（振動發音）一、

音標音

[v]

ㄈ*（振動發音）

有聲子音 振動聲帶發音（以手指輕碰喉頭發音會感覺振動）。

發音方式 上齒咬下唇振動發音。

Speaking 嘴巴體操練習室

聲音 voice

	v	oi	ce
	[v	ɔɪ	s]
拼音順序	2	1	3
注音easy K	ㄈ*	ㄛ一	ㄙ
中文easy K	佛	一	死

單字便利記

佛地魔一死就沒聲音。

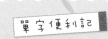

Q&A 音標洞察看這裡

1. 除了 v 字母外，尚有 vv 型態，如：savvy [`sævɪ] 理解。
2. 請注意常用介系詞 of 的音標是 [ɑ(ə)v]；off 的音標才是 [ɔf]。
3. [f] 音前有 s [s] 音，讀 [v]，如：sphinx [sfɪŋks] 人面獅身獸，念 [svɪŋks]。埃及金字塔 (pyramid) 旁的人面獅身獸曾出謎題讓路人猜，還記得嗎？小時候四條腿走路，長大兩條腿走路，老的時候三條腿走路，這是什麼動物呢？猜錯可是會被吃掉的！（答案請看 P.61）

Walls **have ears.**

[wɔlz]

隔牆有耳。

印刷體 Ww

書寫體 *Ww*

Ww Ww

Ww Ww

track23

字母音

[ˋdʌbl̩ju]

ㄉ ㄜㄚ ㄅㄛˇ ㄧㄡ

(double U)

音標音

[w]

ㄨㄜ

有聲子音 振動聲帶發音（以手指輕碰喉頭發音會感覺振動）。

發音方式 嘴先呈圓鼓形再變成半圓形發音。

Speaking 嘴巴體操練習室

贏 win	w	i	n
	[w	ɪ	n]
拼音順序	2	1	3
注音easy K	ㄨㄜ	ㄧ	ㄣ
中文easy K	紋		銀

單字便利記

紋銀多多就是贏啦！

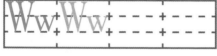

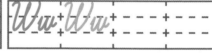

Q&A 音標洞察看這裡

1. 會發 [w] ㄨㄛ音的尚有字母 o，如：one [wʌn] 一；字母 u，如：queen [kwin] 皇后。
2. 單字中，有 wh 字母組合時，音標字相反為 [hw]，讀ㄏㄨㄛ，如：whale [hwel] 鯨。

Set a fox to watch the geese.

[fɑks]

引狼入室。

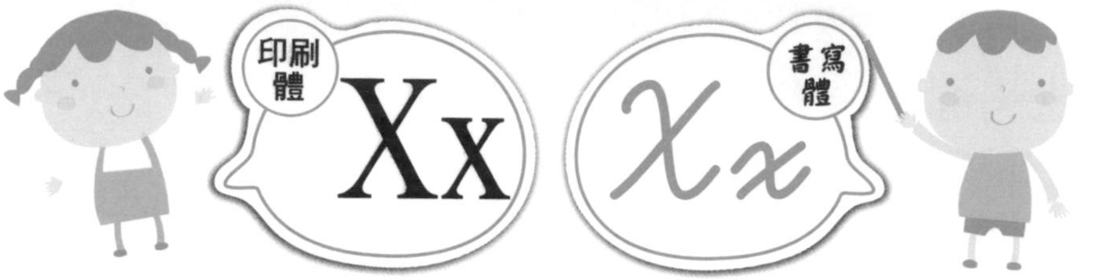

Xx	Xx		

Xx	Xx		

track24

字母音

[ɛks]

ㄝ ㄎㄙ

音標音

[ks]

ㄎㄙ

無聲子音　音用氣送出不過聲帶（以手指輕碰喉頭發音會感覺振動）。

發音方式　嘴巴略張發ㄎ（克）音，在合上牙齒發ㄙ（斯）音。

Speaking 嘴巴體操練習室

計程車

taxi

t a x i

[ˋt æ ks ɪ]

拼音順序	2 1 4 3
注音easy K	ㄊ ㄜㄝ ㄎㄙ ㄧ
中文easy K	太 科死易（可惜）

單字便利記

他要出計程車錢，不搭太可惜。

PART 1 26個字母
PART 2 5個長母音
PART 3 9個特殊母音
PART 4 9個特殊子音

Q&A 音標洞察看這裡

1. 音 [ks] ㄎㄙ如前後子音在不同音節時，念成有聲子音，發 [gz] ㄍㄗ（個子）。如：exam [ɪgˋzæm] 考試，exist [ɪgˋzɪst] 存在。
2. Xmas（注意 X'mas 是錯誤的寫法，不可有「'」）是 Christmas 的縮寫。X 代表十字架，象徵耶穌基督 (Jesus Christ)。-mas 為某個屬於耶穌基督的節慶，所以 Christmas（基督的節慶日）也就是我們熟知的耶誕節。

P.57 · 答案

human being（人類）。

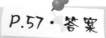

Give me liberty or give me death.

[ˋlɪbɚtɪ]

不自由，毋寧死。

track25

字母音

[waɪ]

ㄨㄞ

音標音

[j]

ㄧㄝ

有聲子音 振動聲帶發音（以手指輕碰喉頭發音會感覺振動）。

發音方式 嘴巴微開，舌尖抵下齒內側發音。

Speaking 嘴巴體操練習室

年輕

young

	y oung
	[j ʌ ŋ]
拼音順序	2 1 3
注音easy K	ㄧㄝ ㄜㄚ ㄥ
中文easy K	樣

單字便利記

她記得自己年輕時的模樣。

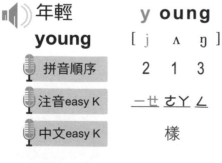

Q&A 音標洞察看這裡

字母 y 除發 [j] 音外，尚有：

⑴ [ɪ] 一音，如：lady [`ledɪ] 淑女。

⑵ [aɪ] ㄞ音（ㄚㄧ），如：cry [kraɪ] 哭（cry 中的 [k] 音受 [r] ㄖㄨ音的影響，應念成ㄎㄨ。）

⑶ [ə] ㄦ兒音，如：analysis [ə`næləsɪs] 分析。

⑷ 會發 [j] 音的字母尚有 i，如：million [`mɪljən] 百萬，還有 u，如：popular [`pɑpjəlɚ] 受歡迎的。

Zeal **without knowledge is a runway horse.**

[zil]

有勇無謀，一介莽夫。

(Tracing practice: Zz Zz)

字母音

[zi]

ㄗㄧˋ

音標音

[z]

ㄗ

track26

有聲子音 振動聲帶發音（以手指輕碰喉頭發音會感覺振動）。

發音方式 咬合上下齒，舌尖抵齒內側發音。

Speaking 嘴巴體操練習室

動物園

zoo

	z	oo
	[z	u]
拼音順序	2	1
注音easy K	ㄗ	ㄨˋ
中文easy K	紫	霧

單字便利記

紫色的霧籠罩著動物園。

Q&A 音標洞察看這裡

1. 會發 [z] ㄗ的音還有 rose [roz]（母音後）玫瑰，buses [ˋbʌsɪz]（複數，母音後）公車，songs [sɔŋz]（有聲子音後）歌曲，scissors [ˋsɪzɚz]（前後有母音）剪刀。
2. 複數為 ts 時念 [ts] ㄘ，如：bats [bæts] 蝙蝠。
   複數為 ds 時念 [dz] ㄗ，如：beds [bɛdz] 床。
3. z 字母也有不發 [z] 音的情形，如：pizza [ˋpɪtsə] 披薩，blitz [blɪts] 閃電戰，waltz [wɔlts] 華爾滋舞，但 [s] 音要連 [t] 一起發 [ts] ㄘ音。

補充：ea 發 [ɛ] 的單字

ahead (adv.) 在前面	meant (v.) 意思；意義（mean 的過去式）
already (adv.) 已經	measure (v.) 測量
bear (n.) 熊 (v.) 佩帶；負擔	pear (n.) 水梨
bread (n.) 麵包	pheasant (n.) 雉；野雞
breadth (n.) 寬度	pleasant (adj.) 愉快的
breakfast (n.) 早餐	pleasure (n.) 歡喜；喜悅
breast (n.) 胸部	read (v.) 讀（read 的過去式）
breath (n.) 呼吸	ready (adj.) 準備好的
dead (adj.) 死的	realm (n.) 領域
deadly (adj.) 致命的	spread (v.) 傳播；塗抹；蔓延
deaf (adj.) 耳聾的	steadfast (adj.) 踏實的
death (n.) 死亡	steady (adj.) 穩定的
dreadful (adj.) 可怕的	swear (v.) 發誓
dreamt (v.) 作夢；夢想（dream 的過去式）	sweat (n.) 汗 (v.) 流汗
feather (n.) 羽毛	sweater (n.) 毛衣
head (n.) 頭	tear (v.) 撕裂；撕開
headache (n.) 頭痛	thread (n.) 線；細絲
health (n.) 健康	threat (n.) 威脅；恐嚇
healthy (adj.) 健康的	threaten (v.) 威脅；恐嚇
heaven (n.) 天堂	tread (v.) 踩；踏；
heavy (adj.) 重的	treasure (n.) 寶藏
instead (adv.) 替代；反而	wear (v.) 穿；戴
jealous (adj.) 忌妒的	wealth (n.) 財富
lead (n.) 鉛	wealthy (adj.) 富有的
leather (n.) 皮革	weather (n.) 天氣
meadow (n.) 草地	zealous (adj.) 熱心的

Fun鬆一下

麻吉配對

寫出單字畫線部分對應的共同音標。

例：

<u>a</u>nt、<u>a</u>unt ➲ [<u>æ</u>nt]

你寫對了嗎？

❶[bin]：豆子；be的pp。
❷[kloz]：衣服；關閉。
❸[dɪr]：親愛的；鹿。
❹[aɪ]：眼睛；我。
❺[naɪt]：騎士；夜晚。
❻[mit]：肉；會面。
❼[raɪt]：寫；正確的。
❽[plen]：平原；飛機。

MEMO

MEMO

PART 2

5個長母音

[e], [i], [aɪ], [o], [ju]

5 個長母音

[e] ㄟ	a, a-e, age (a-ge), ai, ay (a-y), e, ei, ey
[i] 一丶	ae, ea, ee (e-e), ey, i, ie, oe
[aɪ] ㄞ	ai, ei, i, ie (i-e), igh, oi, ui, y
[o] ㄡ	ew, o, oa, oe (o-e), oo, ou, ow
[ju] 一ㄝㄨ丶 (you)	eu, ew, iew, u, ue (u-e)

1. 本書後附有常用字母組說明發音，讀者欲窺全貌請參閱「KK 音標字母索引櫥窗」。
2. 關於音節原則再說明：

(1)一個母音一個音節。

例如：

on [ɑn] 兩個音，一個母音 [ɑ]，一個音節。

pencil [`pɛnsl̩] 五個音，一個母音 [ɛ]，一個音節。

(2)兩個以上音節，有重音節，以「`」表示重音符號，強調高音。

例如：

city [`sɪtɪ] 四個音，兩個母音 [ɪ], [ɪ]，兩個音節。
1 2

說明 重音在第一音節。
若以字形大小表示音高為 City。

banana [bə`nænə] 六個音，三個母音 [ə], [æ], [ə]，三個音節。
3 1 2

說明 重音在第二音節。
若以字形大小表示音高為 baNAna。

⑶三個（含）以上音節，有次重音節，以「ˏ」表示次重音符號，強調次高音。

例如：

dinosaur [ˋdaɪnəˏsɔr]（恐龍），七個音，三個母音 [aɪ], [ə], [ɔ]，三個音節。

說明　重音在第一音節，次重音在第三音節。
若以字形表示音高為 dinosaur。

university [ˏjunəˋvɝsətɪ]（大學），九個音，五個音節。

說明　重音在第三音節，次重音在第一音節。
若以字形表示音高為 university。

⑷請注意，次重音符號出現在重音節符號前後兩個以上音節內。請觀察：environment [ɪnˋvaɪrənmənt]（環境）為什麼沒有次重音符號？（解答請看 P.101）

The leopard cannot change his spots.

[tʃendʒ]

江山易改，本性難移。

1 長母音[e]

track27

注音easy K 發ㄟ音。

[e] [e]

Speaking 嘴巴體操練習室

(1) a-e

臉	**f a ce**
face	[f e s]
拼音順序	2 1 3
注音easy K	ㄈ ㄟ ㄙ
中文easy K	狒 死

(2) ai

電子郵件	**e- m ai l**
e-mail	[ˋi ˏm e l]
拼音順序	4 2 1 3
注音easy K	一ˋ ㄇ ㄟ ㄛˇ
中文easy K	伊 媚 哦

小叮嚀

▶ e-mail 的 e 原字是 electronic [ɪˌlɛkˋtrɑnɪk] 電子的。

PART 1 26個字母
PART 2 5個長母音
PART 3 9個特殊母音
PART 4 9個特殊子音

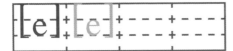

(3) ay

盤子 tr ay

tray [tr e]

拼音順序	2 1
注音easy K	ㄘㄨ ㄟ
中文easy K	脆

(4) ei

鄰居 n ei gh b or

neighbor [`n e b ɚ]

拼音順序	2 1	4 3
注音easy K	ㄋ ㄟ	ㄅ ㄦˊ
中文easy K	內	博 兒

小叮嚀

- 「`」上撇者為重音符號；「ˏ」下撇者為次重音符號。
- 重音節音最強最高，次重音節音次強次高。
- 英文複合字原則上不論原字，如：freeway [`friˏwe] 高速公路，或是縮寫 PE（physical education）[ˏpi `i] 體育，均會出現次重音符號，不適用前述音節原則 (4)。

Still waters run deep.
[dip]
靜水流深。（大智若愚）

2 長母音[i]

track28

注音easy K 發一、音。

[i] [i]

Speaking 嘴巴體操練習室

(1) ea				(2) ee			
欺騙	ch	ea	t	逃跑	f	l	ee
cheat	tʃ	i	t	flee	f	l	i
拼音順序	2	1	3	拼音順序	3	2	1
注音easy K	ㄑ	一、	ㄊ	注音easy K	ㄈㄨ	ㄌ	一、
中文easy K	氣		特	中文easy K	浮	力	

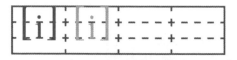

(3) e-e

中國人 Ch i n e se

Chinese [tʃ aɪ ˋn i z]

拼音順序	5	4	2	1	3
注音easy K	ㄑ	ㄞ	ㄋ	ㄧˋ	ㄗ
中文easy K	恰		妮		子

(4) ei

天花板 c ei l i ng

ceiling [ˋs i l ɪ ŋ]

拼音順序	2	1	4	3	5
注音easy K	ㄙ	ㄧˋ	ㄌ	ㄧ	ㄥ
中文easy K	死	易		鈴	

(5) ie

小偷 th ie f

thief [θ i f]

拼音順序	2	1	3
注音easy K	ㄙ˜	ㄧˋ	ㄈ
中文easy K	絲	易	膚

小叮嚀

▶ 發ㄙ˜（絲）音時，舌上捲齒外。

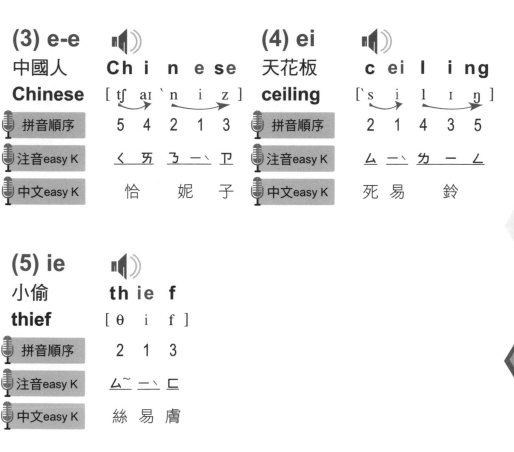

Once bitten, twice shy.
[twaɪs]
一朝被蛇咬，十年怕草繩。

3 長母音[aɪ]

track29

注音easy K 發ㄞ音。

[aɪ] [aɪ]

Speaking 嘴巴體操練習室

(1) ie	
說謊	l ie
lie	[l aɪ]
拼音順序	2 1
注音easy K	ㄌ ㄞ
中文easy K	賴

(2) i-e	
米飯	r i c e
rice	[r aɪ s]
拼音順序	2 1 3
注音easy K	ㄖㄨ ㄞ ㄙ
中文easy K	入 愛 死

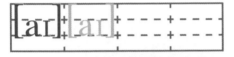

(3) igh

高 h igh

high [h aɪ]

拼音順序 2 1

注音easy K ㄏ ㄞ

中文easy K 害

(4) y

嘗試 tr y

try [tr aɪ]

拼音順序 2 1

注音easy K ㄘㄨ ㄞ

中文easy K 粗 愛（踹）

小叮嚀

igh 發 [aɪ] ㄞ的音，其中 gh 不發音。單字中出現 igh 前常搭配 l,r，而字尾大部分是 t。例字如下：

alright	好的	night	夜晚
bright	明亮的	plight	困境
delight	愉快的	right	正確的
flight	航程	sigh	嘆息
frighten	驚嚇	sight	視力
height	高度	slight	輕微的
knight	騎士	tight	緊的
light	光線	Wright	萊特
might	或許		
mighty	強大的		

There is no smoke without fire.
[smok]
無風不起浪。

4 長母音[o]

track30

注音easy K 發ㄡ音。

[o] [o]

Speaking 嘴巴體操練習室

(1) oa				(2) oe		
船	b	oa	t	腳趾頭	t	oe
boat	[b	o	t]	toe	[t	o]
拼音順序	2	1	3	拼音順序	2	1
注音easy K	ㄅ	ㄡ	ㄊ	注音easy K	ㄊ	ㄡ
中文easy K	不	嘔	特	中文easy K	偷	

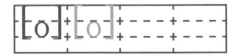

(3) o-e

單獨地 a l o n e

alone [ə`l o n]

拼音順序	4	2	1	3
注音easy K	ㄦ	ㄌ	ㄡ	ㄣ
中文easy K	耳		聾	

(4) ow

慢慢的 s l ow

slow [s l o]

拼音順序	3	2	1
注音easy K	ㄙ	ㄌ	ㄡ
中文easy K	死		漏

小叮嚀

▶ 除了上列字組會發 [o] ㄡ的音外，o 本身也會發此音。例子如下：

bold	[bold]	大膽的
cold	[kold]	冷的
fold	[fold]	摺疊
gold	[gold]	黃金
hold	[hold]	握住
mold	[mold]	模板
old	[old]	老的
scold	[skold]	責罵
sold	[sold]	販賣
told	[told]	告訴（tell 的過去式）
oasis	[o'esis]	綠洲
ocean	[`oʃən]	海洋
okay	[`oke]	好的
open	[`opən]	打開
solo	[`solo]	獨唱（奏）
vocal	[`vokḷ]	嗓音的
volcano	[vɑl'keno]	火山

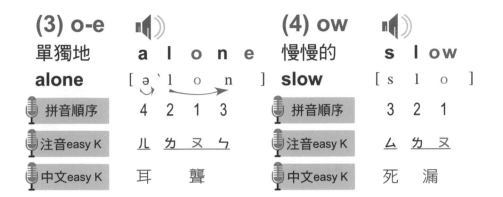

No *news* is good news.

[njuz]

沒消息就是好消息。

5 長母音[ju]

track31

注音easy K 發一ㄝㄨ丶 (you) 音。

[ju] [ju]

Speaking 嘴巴體操練習室

(1) ew

新聞	n	ew	s
news	[n	ju	z]
拼音順序	2	1	3
注音easy K	ㄋ	一ㄝㄨ丶	ㄗ
中文easy K	拗		紫

(2) u

制服	u	n	i	f	o	r	m
uniform	[`ju	n	ə	f	ɔ	r	m]
拼音順序	1	3	2	6	4	5	7
注音easy K	一ㄝㄨ丶	ㄋ	ㄦ	ㄈ	ㄛ	ㄜ	ㄇㄨ
中文easy K	優	呢			佛		母

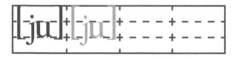

(3) ue

到期	d ue
due	[d ju]
拼音順序	2 1
注音easy K	ㄉ ㄧㄝㄨˋ
中文easy K	丟

(4) u-e

使用	u s e
use	[ju z]
拼音順序	1 2
注音easy K	ㄧㄝㄨˋ ㄗ
中文easy K	遊 子

小叮嚀

[ju] ㄧㄝㄨ ˋ(you) 的音長，較短音的是 [jʊ] ㄧㄨ，如：pure [pjʊr] 純淨的。請參考「KK 音標字母索引櫥窗」字母 U。

Fun鬆一下

麻吉配對

寫出單字畫線部分對應的共同音標。

例：

ant、aunt ➲ [ænt]

❶ [bl _]
blew　blue

❷ [d _]
die　dye

❸ [h _]
hi　high

❹ [l _ n]
lain　lane

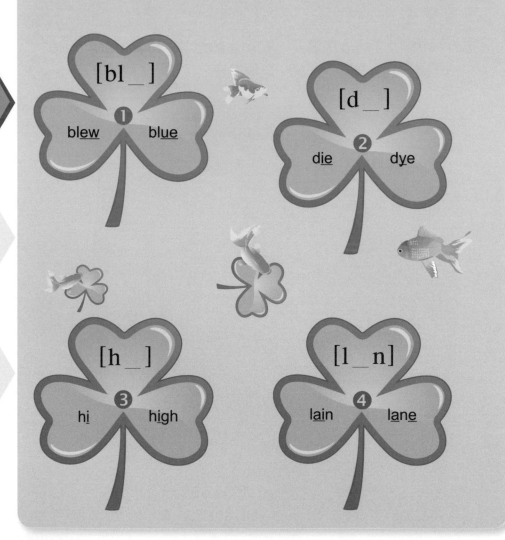

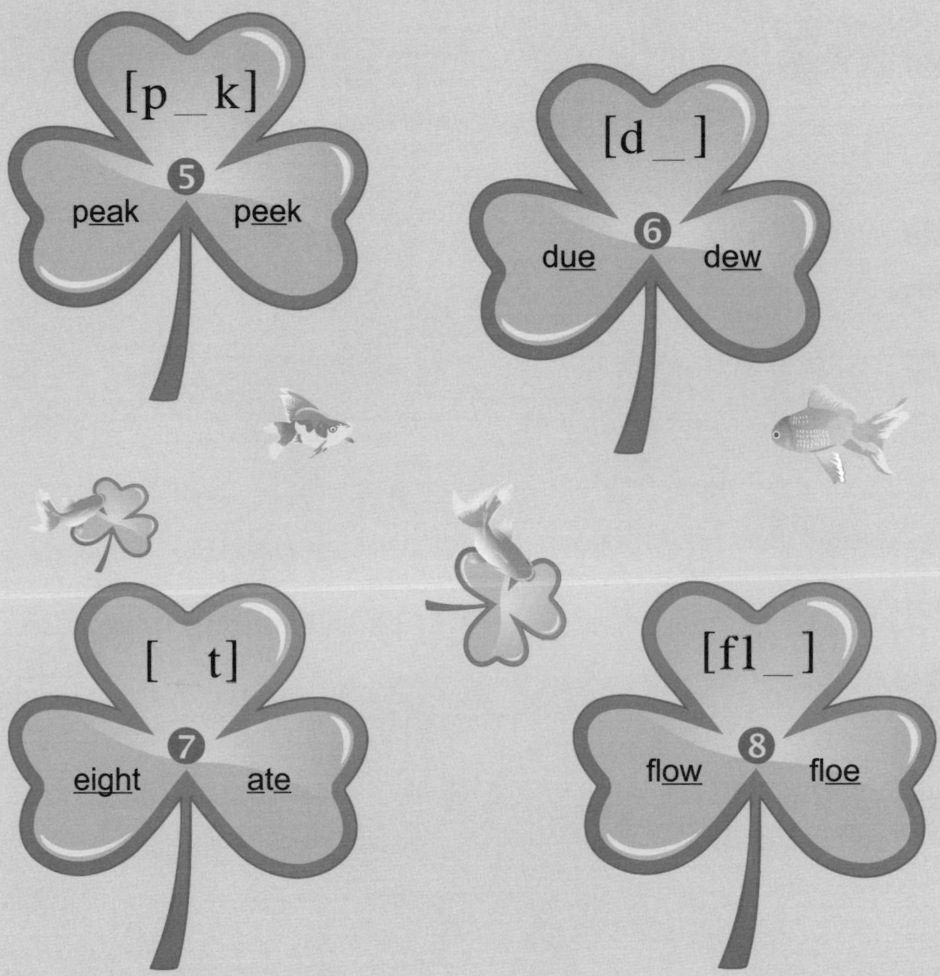

你寫對了嗎？

❶[blu]：吹；藍色的。
❷[daɪ]：死；染色。
❸[haɪ]：嗨；高的。
❹[len]：躺；巷弄。
❺[pik]：山峰；偷窺。
❻[dju]：到期的；露珠。
❼[et]：八；吃。
❽[flo]：流動；浮冰。

MEMO

PART 3

9個特殊母音

[u], [ʊ], [aʊ], [ɔ], [ɔɪ], [ɔr], [ɝ], [ɚ], [ə]

9 個特殊母音▶▶

[u] ㄨˋ	eu oe u	ew o-e ue	ieu oo u-e	o ou ui
[ʊ] ㄨ	o u	oo wo	ou	
[aʊ] ㄠ	ao	ou	ow	
[ɔ] ㄛ	a o	al oa	au oir	aw
[ɔɪ] ㄛㄧ	oi	oy	uoy	
[ɔr] ㄛㄜ	ar	or		
[ɝ] ㄦˇ	ear or	eur our	ir ur	
[ɚ] ㄦˊ	ar	er	or	ur
[ə] ㄦ	a o	e ous	i u	

＊本書後附有常用字母組說明發音，讀者欲窺全貌請參閱「KK音標字母索引櫥窗」。

Experience is the teacher of fools.

[fulz]

經驗乃愚者之師。

1 特殊母音 [u]

track32

注音easy K 發ㄨˋ音。

[u] [u]

Speaking 嘴巴體操練習室

(1) ew

寶石 j ew e l

jewel [ˋdʒ u ə l]

拼音順序	2	1	3	4
注音easy K	ㄐㄩ	ㄨˋ	ㄦ	ㄛˇ
中文easy K	鋸		而	哦

(2) o-e

失去 l o se

lose [l u z]

拼音順序	2	1	3
注音easy K	ㄌ	ㄨˋ	ㄗ
中文easy K	路		子

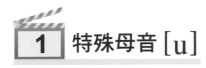

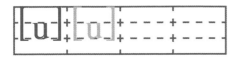

(3) oo

袋鼠 k a n g a r oo

kangaroo [ˌk æ ŋ g ə ˋr u]

拼音順序	4 3 5 7 6 2 1
注音easy K	ㄎㄜㄝㄥ ㄍ ㄦ ㄖㄨ ㄨˋ
中文easy K	看 哥 兒 路

(4) ue

真的 tr ue

true [tr u]

拼音順序	2 1
注音easy K	ㄘㄨ ㄨˋ
中文easy K	醋

(5) u-e

規則 r u l e

rule [r u l]

拼音順序	2 1 3
注音easy K	ㄖ ㄨˋ ㄛˇ
中文easy K	入 哦

(6) ui

果汁 j ui ce

juice [dʒ u s]

拼音順序	3 2 1
注音easy K	ㄐㄩˋ ㄨˋ ㄙ
中文easy K	鋸 霧 死

小叮嚀

- oo 字母組最常發 [u] ㄨˋ音，如：moon（月亮）；[ʊ] ㄨ音，如：foot（腳）；[ʌ] ㄜㄚ音，如：blood（血）。
- oo 字母組發 [u] ㄨˋ特殊母音的先決要件為：
  ① 母音前後為有聲子音時，如：room [rum] 房間。
  ② 母音前為無聲子音，後為有聲子音時（大部分），如：food [fud] 食物。
  ③ 包含特殊子音時（th [θ], sh [ʃ], ch [tʃ]），如：tooth [tuθ] 牙齒；shoot [ʃut] 射擊；choose [tʃuz] 選擇。
  ④ 母音 oo 字母組位於字尾，如：zoo [zu] 動物園，bamboo [bæmˋbu] 竹子。

PART 1 26個字母 PART 2 5個長母音 PART 3 9個特殊母音 PART 4 9個特殊子音

By hook or crook.

[hʊk] [krʊk]

不擇手段。

2 特殊母音 [ʊ]

track33

注音easy K 發ㄨ音。

[ʊ] [ʊ]

(1) o

女人	w	o	m	a	n
woman	[ˋw	ʊ	m	ə	n]
拼音順序	2	1	4	3	5
注音easy K	ㄨㄜ	ㄨ	ㄇ	ㄦ	ㄣ
中文easy K	舞		門		

(2) oo

廚師；煮	c	oo	k
cook	[k	ʊ	k]
拼音順序	2	1	3
注音easy K	ㄎ	ㄨ	ㄎ
中文easy K	酷		客

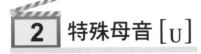

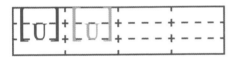

(3) ou

旅遊　t ou r

tour　[t ʊ r]

拼音順序　2 1 3

注音easy K　ㄊ ㄨ ㄜ

中文easy K　兔 娥

(4) u

推　p u sh

push　[p ʊ ʃ]

拼音順序　2 1 3

注音easy K　ㄆ ㄨ ㄒㄩ

中文easy K　鋪 虛

小叮嚀

例子中的 tour，指的是「觀光旅遊」。讓我們看看還有哪些相關單字吧！

旅遊相關字詞	
tour　觀光旅遊	tour guide　導遊 tour bus　遊覽車
trip　短程旅行	business trip　出差 shopping trip　購物
travel　旅行	traveler　旅行者 travel agency　旅行社
journey　長程旅行	備註： 根據 OXFORD ADVANCED LEARNER'S English-Chinese Dictionary（牛津高階英漢雙解詞典）對 tour 的定義：a journey made for pleasure during which several different towns, countries, etc. are visited.（一趟去造訪幾個不同城鎮或國家的愉快旅程。）
hike　徒步旅行	
excursion　遠足	
expedition 遠征；探險	

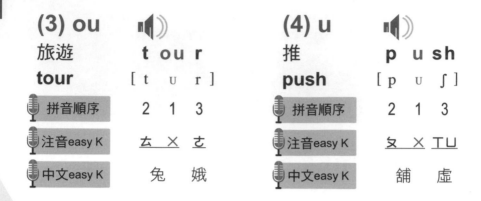

Actions speak louder than words.

[laudɚ]

事實勝於雄辯。

3 特殊母音[aʊ]

track34

注音easy K 發ㄠ音。

[aʊ] [aʊ]

Speaking 嘴巴體操練習室

(1) ou

大聲地 l ou d l y

loudly [ˋl aʊ d l ɪ]

拼音順序 2 1 3 5 4

注音easy K ㄌ ㄠ ㄉ ㄌ 一

中文easy K 烙 的 利

(2) ow

牛仔 c ow b oy

cowboy [ˋk aʊ ˏb ɔɪ]

拼音順序 2 1 4 3

注音easy K ㄎ ㄠ ㄅㄛ 一

中文easy K 靠 波衣

Every law has a loophole.

[lɔ]

法網恢恢，疏而不漏。

4 特殊母音 [ɔ]

track35

注音easy K 發ㄛ音。

[ɔ] [ɔ]

Speaking 嘴巴體操練習室

(1) al(l)

幾乎	a	l	m	o	s	t
almost	[`ɔ	l	m	o	s	t]
拼音順序	1	2	4	3	5	6
注音easy K	ㄛ	ㄛˇ	ㄇ	ㄡ	ㄙ	ㄊ
中文easy K	喔		謀		死	特

小叮嚀

- 常見 al 或 all 的組合，a 發 [ɔ] 的音。

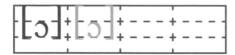

小叮嚀

-all 字詞補充

all 全部	ball 球	call 叫喚
fall 跌落	gall 膽汁	hall 走廊
mall 購物中心	tall 高	wall 牆壁

(2) au

女兒 d augh t er

daughter [ˋd ɔ t ɚ]

拼音順序	2	1	4	3
注音easy K	ㄉ	ㄛ	ㄊ	ㄦˊ
中文easy K	兜		特	兒

(3) aw

法律 l aw

law [l ɔ]

拼音順序	2	1
注音easy K	ㄌ	ㄛ
中文easy K	樂	喔

小叮嚀

daughter-in-law 從字面上翻意為「法律上的女兒」，其實指的就是媳婦的意思。(father-in-law 岳父、mother-in-law 岳母、son-in-law 女婿。)

step daughter 指的是繼女，為夫妻前次婚姻所有的女兒。

adopted daughter 指的是養女，意思為依據法定程序領養的女兒。

step father（繼父），adopted mother（養母）等依此類推。

*Pour **oil** on the flame.*

[ɔɪl]

火上加油。

5 特殊母音 [ɔɪ]

track36

注音easy K　發ㄛㄧ音。

[ɔɪ] [ɔɪ]

(1) oi

硬幣	c oi n
coin	[k ɔɪ n]
拼音順序	2 1 3
注音easy K	ㄎ ㄛㄧ ㄣ
中文easy K	摳 銀

(2) oy

享受	e n j oy
enjoy	[ɪ n ˋdʒ ɔɪ]
拼音順序	3 4 2 1
注音easy K	ㄧ ㄣ ㄐㄩ ㄛㄧ
中文easy K	陰 居 喔易

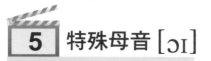

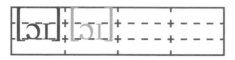

You can take a horse to water, but you can't make him drink.

[hɔrs]

牽馬到水邊易，逼馬喝水難。

6 特殊母音[ɔr]

track37

注音easy K　發ㄛㄜ音。

[ɔr] [ɔr]

Speaking 嘴巴體操練習室

(1) ar

溫暖的　w ar m

warm　[w ɔr m]

拼音順序	2 1 3
注音easy K	ㄨㄜ ㄛㄜ ㄇㄨ
中文easy K	我 母

(2) or

馬　h or se

horse　[h ɔr s]

拼音順序	2 1 3
注音easy K	ㄏ ㄛㄜ ㄙ
中文easy K	吼 死

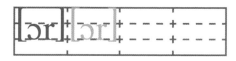

There is no royal road to learning.

[ˋlɝnɪŋ]

學海無涯，惟勤是岸。

7 特殊母音 [ɝ]

track38

注音easy K　發儿ˇ音（在重音節）。

[ɝ] [ɝ]

Speaking 嘴巴體操練習室

(1) ear

學習	**l ear n**
learn	[l ɝ n]
拼音順序	2 1 3
注音easy K	ㄌ 儿ˇ ㄣ
中文easy K	樂 耳 恩

(2) er

她（的）	**h er**
her	[h ɝ]
拼音順序	2 1
注音easy K	ㄏ 儿ˇ
中文easy K	喝 耳

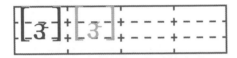

(3) ir

骯髒的 d ir t y

dirty [`d ɝ t ɪ]

拼音順序 2 1 4 3

注音easy K ㄉ ㄦˇ ㄊ ㄧ

中文easy K 得 耳 踢

(4) or

字 w or d

word [w ɝ d]

拼音順序 2 1 3

注音easy K ㄨㄜㄦˇ ㄉ

中文easy K 伍 爾 德

(5) our

勇氣 c our a ge

courage [`k ɝ ɪ dʒ]

拼音順序 2 1 3 4

注音easy K ㄎ ㄦˇ ㄧ ㄐㄩ

中文easy K 刻 耳 衣 居

(6) ur

傷害 h ur t

hurt [h ɝ t]

拼音順序 2 1 3

注音easy K ㄏ ㄦˇ ㄊ

中文easy K 喝 耳 特

小叮嚀

請注意 word 和 world 的發音差異。world [wɝld] 念ㄨㄜㄦˇㄛㄉ（伍爾喔德）。別忘了「喔」的音！

常用的傷痛用語	
ache 身體部分持續疼痛	pain 身體上的疼痛
headache 頭痛	low back pain 腰痛
stomachache 胃痛	sore 黏膜糜爛的疼痛
toothache 牙痛	sore throat 喉嚨痛
burn 燒傷；燙傷	sore skin 皮膚痛
cramp 抽筋	sprain 扭傷
cut 割傷	ankle sprain 踝關節扭傷

Hunger is the best sauce.

[ˋhʌŋgɚ]

饑餓是最佳調味料。

（肚子餓什麼都好吃）

8 特殊母音 [ɚ]

track39

注音easy K　發ㄦˊ音（不在重音節）。

[ɚ] [ɚ]

Speaking 嘴巴體操練習室

(1) ar

元	d o ll ar
dollar	[ˋd ɑ l ɚ]
拼音順序	2 1 4 3
注音easy K	ㄉㄚ ㄌㄦˊ
中文easy K	搭 了 兒

(2) er

饑餓	h u n g er
hunger	[ˋh ʌ ŋ g ɚ]
拼音順序	2 1 3 5 4
注音easy K	ㄏㄜㄚㄥ ㄍ ㄦˊ
中文easy K	夯 哥 兒

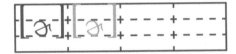

(3) or

醫生 d o c t or

doctor [ˋd ɑ k t ɚ]

拼音順序 2 1 3 5 4

注音easy K ㄉ ㄚ ㄎ ㄊ ㄦˊ

中文easy K 搭 客 特 兒

(4) ur

驚喜 s ur p r i se

surprise [s ɚ ˋp r aɪ z]

拼音順序 6 5 3 2 1 4

注音easy K ㄙ ㄦˊ ㄆㄨ ㄖ ㄨㄞ ㄗ

中文easy K 捨 普 入 愛 子

小叮嚀

英文發音中上顎氣音 [k] ㄎ常常被省略掉！例如，有些孩子將 doctor [ˋdɑktɚ] ㄉㄚ ㄎ ㄊ ㄦ ˊ 念成 [ˋdɑtɚ] ㄉㄚ ㄊ ㄦ ˊ， [k] 的音被省略。但是外國人士可能會聽不懂那是什麼意思，尤其有些英文單字少了一個音，差別就很大！例如：accident [ˋæksədənt] 意外，或者 excellent [ˋɛksl̩ənt] 卓越的，若是少了 [k] 的音，外國人士可能會說 Pardon?（對不起！你說什麼？）

P.73・答案

因為environment [ɪnˋvaɪrənmənt] 的重音節 [ˋvaɪ] 前的 [ɪn] 只有一個音節，所以沒有次重音符號。

A good husband makes a good wife.
[ə]
有好夫才有好妻。

9 特殊母音 [ə]

track40

注音easy K 發儿音（不在重音節）。

[ə] [ə]

Speaking 嘴巴體操練習室

(1) a

過敏的	a ll er g i c
allergic	[ə`l ɝ dʒ ɪ k]
拼音順序	6 2 1 4 3 5
注音easy K	ㄦ ㄌ ㄦˇ ㄐㄩ ㄧ ㄎ
中文easy K	哦 樂 擠 客

(2) e

元素	e l e m e n t
element	[`ɛ l ə m ə n t]
拼音順序	1 3 2 5 4 6 7
注音easy K	ㄝ ㄌ ㄦ ㄇ ㄦ ㄣ ㄊ
中文easy K	誒 樂 門 特

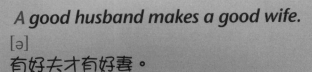

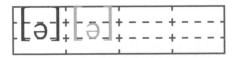

(3) i

可怕的 t e rr i b le

terrible [ˋt ɛ r ə b l̩]

拼音順序 2 1 4 3 6 5

注音easy K ㄊㄝ ㄖㄨ ㄦ ㄅ ㄛˇ

中文easy K 貼入兒 博

(4) o

蕃茄 t o m a t o

tomato [t ə ˋm e t o]

拼音順序 6 5 2 1 4 3

注音easy K ㄊ ㄦ ㄇ ㄟ ㄊ ㄡ

中文easy K 特 妹 偷

(5) ous

有名的 f a m ou s

famous [ˋf e m ə s]

拼音順序 2 1 4 3 5

注音easy K ㄈ ㄟ ㄇ ㄦ ㄙ

中文easy K 飛 麼 兒 死

(6) u

相簿；專輯 a l b u m

album [ˋæ l b ə m]

拼音順序 1 2 5 3 4

注音easy K ㄜㄝ ㄛˇ ㄅ ㄦ ㄇㄨ

中文easy K 餓誒哦 波 兒 母

小叮嚀

請注意捲舌音就是捲起舌頭，所以千萬別偷懶，在外國人士面前走音的話，有點漏氣喔！例如 banana [bəˈnænə] 香蕉念ㄅㄦ ㄋㄜㄝ ㄋㄦ，但念成ㄅㄜ ㄋㄚ ㄋㄚ，就會貽笑大方喔！

Fun鬆一下

尋找家園

將左右列畫線部分發音相同的單字相連。

fluent	serious
push	surprise
hour	our
cough	strong
coin	forest
absorb	loyalty
work	bullet
famous	pollution
color	world

(解答詳見P125)

MEMO

MEMO

PART 4

9個特殊子音

無聲子音[θ], [ʃ], [tʃ], [tr]
有聲子音[ð], [ʒ], [dʒ], [dr], [ŋ]

9 個特殊子音

[θ]	舌尖抵上齒外側發ㄙ音	th				
[ð]	舌尖抵上齒外側發ㄗ音	th	the	ther		
[ʃ]	ㄒㄩ	ce sci su xi	ch sh ssu xu	ci si ti	s ssi tion	
[ʒ]	由喉嚨發ㄐㄩ	ge	si	su	sure	
[tʃ]	ㄑㄩ	c	ch	tch	tu	ture
[dʒ]	ㄐ	dge	du	g	ge	j
[ŋ]	ㄥ	nc	ng	ng	nk	nx
[tr]	ㄘㄨ	tr				
[dr]	ㄗㄨ	dr				

＊本書後附有常用字母組說明發音，讀者欲窺全貌請參閱「KK音標字母索引櫥窗」。

In wine there is truth.

[truθ]

酒後吐真言。

1 無聲子音 [θ]

track41

注音easy K 舌尖抵上齒外側發ㄙ音。

[θ] [θ]

Speaking 嘴巴體操練習室

	(1) th		(2) th
牙齒	t oo th	想	th i n k
tooth	[t u θ]	think	[θ ɪ ŋ k]
拼音順序	2 1 3	拼音順序	2 1 3 4
注音easy K	ㄊ ㄨˋ ㄙ~	注音easy K	ㄙ~ㄧㄥ ㄎ
中文easy K	兔 死	中文easy K	星 克

小叮嚀

- 發ㄙ音時，舌上翻齒外發「死」音。
- 發 [θ] 音，th 字母組型無論是在前如 three 三，在後如 booth 電話亭或居中如 everything 任何事物皆可，詳例請參考「KK 音標字母索引櫥窗」。

Opportunity makes the thief.

[ðə]

有機可乘。

2 有聲子音 [ð]

track42

注音easy K　舌尖抵上齒外側發ㄗ音。

[ð] [ð]

Speaking 嘴巴體操練習室

(1) th

那些	th	o	se
those	[ð	o	z]
拼音順序	2	1	3
注音easy K	ㄗ~	ㄡ	ㄗ
中文easy K	肉		子

小叮嚀

- 發 [ð] 音時，舌尖上翻齒外發「紫」音。
- 發 [ð] 音，th 字母組型常見於以下兩大類：
  ① 指示代名詞，如：this, that, these, those 等。
  ② 人稱代名詞，如：they, them, their, themselves 等。

(2) ther

羽毛　f ea th er

feather　[ˋf　ɛ　ð　ɚ]

拼音順序	2	1	4	3
注音easy K	ㄈ	ㄝ	ㄗ˜	ㄦˊ
中文easy K	飛		紫	兒

小叮嚀

- 發 [ð] 音時，舌上翻齒外發「紫」音。
- 發 [ð] 音，ther 字母組型最常見於家庭成員名稱，如：father, mother, brother 等。此外，leather（皮革），weather（天氣）, whether（是否）等常用字亦屬此類發音組。

(3) the

洗澡　b a the

bathe　[b　e　ð]

拼音順序	2	1	3
注音easy K	ㄅ	ㄟ	ㄗ˜
中文easy K	被		子

小叮嚀

- 發 [ð] 音時，舌上翻齒外發「子」音。
- 發 [ð] 音，the 字母組型常為動詞，如：breathe（呼吸），clothe（穿衣），loathe（憎恨），soothe（安慰）等。但 clothes [kloz] 中的 the 不發音。

It is good fishing in troubled waters.

[ˋfɪʃɪŋ]

混水好摸魚。

3 無聲子音 [ʃ]

track43

注音easy K 發ㄒㄩ音。

[ʃ] [ʃ]

Speaking 嘴巴體操練習室

(1) ce

海洋	o	ce	a	n
ocean	[ˋo	ʃ	ə	n]
拼音順序	1	3	2	4
注音easy K	ㄡ	ㄒㄩ	ㄦ	ㄣ
中文easy K	歐		遜	

(2) ch

香檳	ch	a	m	p	a	gne
champagne	[ʃ	æ	m	ˋp	e	n]
拼音順序	5	4	6	2	1	3
注音easy K	ㄒㄩ	ㄜㄝ	ㄇㄨ	ㄆ	ㄟ	ㄣ
中文easy K	香		母		片	

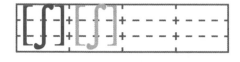

(3) ci

特別的

special

s p e ci a l

[`s p ɛ ʃ ə l]

拼音順序	3 2 1 5 4 6
注音easy K	ㄙ ㄅ ㄝ ㄒㄩ ㄦ ㄛˇ
中文easy K	撕 別 秀 哦

(4) sh

清洗

wash

w a sh

[w ɑ ʃ]

拼音順序	2 1 3
注音easy K	ㄨㄜ ㄚ ㄒㄩ
中文easy K	襪 許

(5) s(s)u

面紙

tissue

t i ss ue

[`t ɪ ʃ u]

拼音順序	2 1 4 3
注音easy K	ㄊ ㄧ ㄒㄩ ㄨ
中文easy K	踢 許 屋

(6) tion

國家

nation

n a ti o n

[`n e ʃ ə n]

拼音順序	2 1 4 3 5
注音easy K	ㄋ ㄟ ㄒㄩ ㄦ ㄣ
中文easy K	內 遜

There is no pleasure without pain.

[ˋplɛʒɚ]

沒有不痛苦的歡樂。

4 有聲子音 [ʒ]

track44

注音easy K　由喉嚨發ㄐㄩ音。

[ʒ] [ʒ]

Speaking 嘴巴體操練習室

(1) ge

按摩　m a ss a ge

massage [m ə ˋs ɑ ʒ]

拼音順序	5	4	2	1	3
注音easy K	ㄇ	ㄦ	ㄙ	ㄚ	ㄐㄩ
中文easy K	迷	兒	沙		居

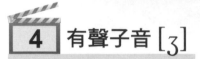

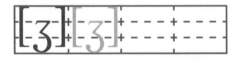

(2) si

決定 d e c i si o n

decision [d ɪ ˋ s ɪ ʒ ə n]

拼音順序 7 6 2 1 4 3 5

注音easy K ㄉ ㄧ ㄙ ㄧ ㄐㄩ ㄦ ㄣ

中文easy K 滴 絲 衣 俊

(3) sure

測量 m ea s ure

measure [ˋm ɛ ʒ ɚ]

拼音順序 2 1 4 3

注音easy K ㄇ ㄝ ㄐㄩ ㄦˊ

中文easy K 媚 居 兒

小叮嚀

▶ 常見 sure 的組合，s 發 [ʒ] 的音。

小測驗

▶ ssi, ssu, su 在下列單字中發 [ʃ] ㄒㄩ音，還是 [ʒ] ㄐㄩ音？

treasure 寶藏	pressure 壓力
usually 通常	fission 分裂
discussion 討論	casualty 傷亡人數
tissue 紙巾	pleasure 愉悅

解答請看 p.117。

Fortune favors the bold.

[ˋfɔrtʃən]

有勇氣才會有好運氣。

5 無聲子音 [tʃ]

track45

注音easy K 發ㄑㄩ音。

[tʃ] [tʃ]

Speaking 嘴巴體操練習室

(1) ch	
小雞	ch i ck
chick	[tʃ ɪ k]
拼音順序	2 1 3
注音easy K	ㄑㄩ ㄧ ㄎ
中文easy K	去 一 客

(2) tch	
手錶	w a tch
watch	[w ɑ tʃ]
拼音順序	2 1 3
注音easy K	ㄨㄛ ㄚ ㄑㄩ
中文easy K	襪 娶

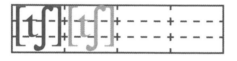

(3) tu

命運；財富 f o r t u ne

fortune [ˋf ɔ r tʃ ə n]

拼音順序	2	1	3	5	4	6
注音easy K	ㄈ	ㄛ	ㄜ	ㄑㄩ	ㄦ	ㄣ
中文easy K		佛		娶	兒	恩

(4) ture

自然；本性 n a ture

nature [ˋn e tʃ ɚ]

拼音順序	2	1	4	3
注音easy K	ㄋ	ㄟ	ㄑㄩ	ㄦˊ
中文easy K		內	娶	兒

小叮嚀

fortune 指運氣時，比 luck [lʌk] ㄌㄜㄚㄎ正式。一般會話中祝人好運會說 Good luck! 根據牛津詞典的解釋：Fortune is chance or luck, especially in the way it affects people's lives.（fortune 是指能影響人生機會的運氣，也可以是個人、家庭或國家的命運或際遇。）

P.115・答案

發 [ʃ] ㄒㄩ音 – discu<u>ssi</u>on, fi<u>ssi</u>on, pre<u>ssu</u>re, ti<u>ssue</u>。

發 [ʒ] ㄐㄩ喉音 – ca<u>su</u>alty, trea<u>su</u>re, u<u>su</u>ally, plea<u>su</u>re。

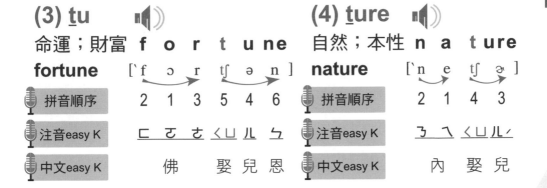

Don't cross a bridge till you come to it.

[brɪdʒ]

船到橋頭自然直。

6 有聲子音[dʒ]

track46

注音easy K　發ㄐ音。

[dʒ] [dʒ]

Speaking 嘴巴體操練習室

(1) dge

橋	b	r	idge	
bridge	[b	r	ɪ	dʒ]
拼音順序	4	2	1	3
注音easy K	ㄅㄨ	ㄖㄨ	ㄧ	ㄐ
中文easy K	不	入	衣	舉

(2) du

時間表	s	ch	e	d	u	le
schedule	[ˋs	k	ɛ	dʒ	ʊ	l]
拼音順序	3	2	1	5	4	6
注音easy K	ㄙ	ㄍ	ㄝ	ㄐ	ㄨ	ㄛˇ
中文easy K	死	給		居	屋	哦

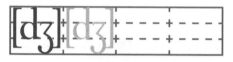

(3) ge

寶石 g e m

gem [dʒ ɛ m]

拼音順序	2 1 3
注音easy K	ㄐ ㄝ ㄇㄨ
中文easy K	接 母

(4) gy

體育館 g y m

gym [dʒ ɪ m]

拼音順序	2 1 3
注音easy K	ㄐ 一 ㄇㄨ
中文easy K	繼 母

(5) j

噴射機 j e t

jet [dʒ ɛ t]

拼音順序	2 1 3
注音easy K	ㄐ ㄝ ㄊ
中文easy K	捷 特

小測驗

當字母組都是 si 時，請研究看看下列哪些是發 [ʃ] ㄒㄩ音，哪些是發 [ʒ] ㄐㄩ音（喉部發音）？

decision 決定　tension 緊張情勢　fusion 融合

pension 補助金　erosion 侵蝕　mansion 大廈

解答請看 p.123。

Art is long, life is short.

[lɔŋ]

人生苦短，藝術長遠。

7 有聲子音 [ŋ]

track47

注音easy K 發ㄥ音。

[ŋ] [ŋ]

(1) nc

叔叔	u	n	c	le
uncle	[ˋʌ	ŋ	k	l̩]
拼音順序	1	2	3	4
注音easy K	ㄜㄚ	ㄥ	ㄎ	ㄛˇ
中文easy K	骯		客	哦

小叮嚀

本字有重音符號，除 [ʌ] 為母音外，[l̩] 相當於 [əl]，故 uncle 為兩個音節單字，有重音。

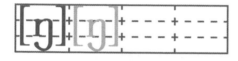

(2) ng

歌曲　s o ng

song　[s ɔ ŋ]

拼音順序	2 1 3
注音easy K	ㄙ ㄛ ㄥ
中文easy K	送

(3) nk

墨水　i n k

ink　[ɪ ŋ k]

拼音順序	2 1 3
注音easy K	ㄧ ㄥ ㄎ
中文easy K	硬 克

(4) nx

山貓　l y n x

lynx　[l ɪ ŋ ks]

拼音順序	2 1 3 4
注音easy K	ㄌ ㄧ ㄥ ㄎㄙ
中文easy K	鈴 克死

小叮嚀

在同一音節內 ng 均發 [ŋ] 音，例如：sing, ring, song。在不同音節則發 [ŋg]，例如：finger [ˈfɪŋgɚ] 手指，linger [ˈlɪŋgɚ] 徘徊。

Don't change horses in the mid-stream.
[strim]
切莫陣前換將誤大局。

8 無聲子音 [tr]

track48

注音easy K 發ㄘㄨ音。

[tr] [tr]

Speaking 嘴巴體操練習室

(1) tr

樹木 **tr ee**

tree [tr i]

拼音順序	2 1
注音easy K	ㄘㄨㄧ丶
中文easy K	粗 意

(2) tr

真的 **tr ue**

true [tr u]

拼音順序	2 1
注音easy K	ㄘㄨ ㄨ
中文easy K	粗 霧

小叮嚀

▶ 當無聲子音（[k], [t], [f], [p], [tr] 等）前有 s [s] ㄙ音時，轉音近有聲子音（[g], [d], [v], [b], [dr] 等）。例：street [strit] 街道，讀音近似 [sdrit]。

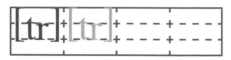

You cannot sell the cow and drink the milk.
[drɪŋk]
魚與熊掌，不可兼得。

9 有聲子音[dr]

track49

注音easy K 發ㄗㄨ音。

[dr] [dr]

Speaking 嘴巴體操練習室

(1) dr				
喝	dr	i	n	k
drink	[dr	ɪ	ŋ	k]
拼音順序	2	1	3	4
注音easy K	ㄗㄨ	ㄧ	ㄥ	ㄎ
中文easy K	祖		硬	克

(2) dr			
夢	dr	ea	m
dream	[dr	i	m]
拼音順序	2	1	3
注音easy K	ㄗㄨ	ㄧ、	ㄇㄨ
中文easy K	祖	義	母

P.119・答案

發 [ʃ] ㄒ音 – mansion, pension, tension。（si 前為子音字母）
發 [ʒ] ㄐ喉音 – decision, erosion, fusion。（si 前為母音字母 i, o, u）

Fun鬆一下

尋找家園

將左右列畫線部分發音相同的單字相連。

health	church
feather	that
match	treasure
tree	think
wash	usually
measure	long
gym	dream
tongue	tissue
drive	giant

解答

連到回家的路

PART3

fluent [u]	serious [ə]
push [ʊ]	surprise [ɚ]
hour [aʊ]	our [aʊ]
cough [ɔ]	strong [ɔ]
coin [ɔɪ]	forest [ɔr]
absorb [ɔr]	loyalty [ɔɪ]
work [ɝ]	bullet [ʊ]
famous [ə]	pollution [u]
color [ɚ]	world [ɝ]

PART4

health [θ]	church [tʃ]
feather [ð]	that [ð]
match [tʃ]	treasure [tr]
tree [tr]	think [θ]
wash [ʃ]	usually [ʒ]
measure [ʒ]	long [ŋ]
gym [dʒ]	dream [dr]
tongue [ŋ]	tissue [ʃ]
drive [dr]	giant [dʒ]

MEMO

KK音標 複習評量

第 1 回 KK音標復習評量

答對題數 ________

題型 I：請選出畫線部分發音與其他不同的選項。

( ) 1. A. car B. hot C. pork D. palm

( ) 2. A. water B. father C. soccer D. heart

( ) 3. A. head B. bread C. dead D. steak

( ) 4. A. pick B. orange C. minute D. island

( ) 5. A. book B. blood C. good D. cook

題型 II：請選出畫線部分的音標。

( ) 1. supermarket A.[jʊ] B.[u] C.[ʊ]

( ) 2. dangerous A.[æ] B.[ɛ] C.[e]

( ) 3. calendar A.[ə] B.[ɚ] C.[ɝ]

( ) 4. typhoon A.[u] B.[ʊ] C.[o]

( ) 5. already A.[ɛ] B.[i] C.[ɪ]

你答對了幾題呢？

解答
I 1.(C) 2.(A) 3.(D) 4.(D) 5.(B)
II 1.(B) 2.(C) 3.(B) 4.(A) 5.(A)

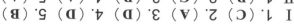

第 2 回 KK音標復習評量

答對題數 ________

題型 I：請選出畫線部分發音與其他不同的選項。

( ) 1. A. find B. ski C. thief D. free

( ) 2. A. leg B. friend C. eleven D. already

( ) 3. A. many B. have C. dance D. salad

( ) 4. A. come B. octopus C. mother D. something

( ) 5. A. cut B. bus C. buzz D. busy

題型 II：請選出畫線部分的音標。

( ) 1. uniform A.[ɑ] B.[ɔ] C.[o]

( ) 2. flower A.[aʊ] B.[ɔr] C.[aɪ]

( ) 3. zebra A.[i] B.[ɪ] C.[ɛ]

( ) 4. country A.[aʊ] B.[ɑ] C.[ʌ]

( ) 5. doctor A.[ɑ] B.[o] C.[ʌ]

你答對了幾題呢？

解答

I 1.(A) 2.(C) 3.(A) 4.(B) 5.(D)

II 1.(B) 2.(A) 3.(A) 4.(C) 5.(A)

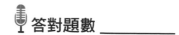

第 3 回 KK音標復習評量

答對題數 ________

題型 I：請選出畫線部分發音與其他不同的選項。

( ) 1. A. sleep B. breast C. receipt D. seashore

( ) 2. A. face B. email C. ago D. lady

( ) 3. A. aisle B. change C. rain D. sleigh

( ) 4. A. gold B. close C. scooter D. boat

( ) 5. A. use B. lettuce C. nehpew D. beautiful

題型 II：請選出畫線部分的音標。

( ) 1. heat A.[ɪ] B.[i] C.[ɛ]

( ) 2. soap A.[o] B.[u] C.[ɑ]

( ) 3. bruise A.[ju] B.[ʊ] C.[u]

( ) 4. slight A.[dʒ] B.[aɪ] C.[g]

( ) 5. television A.[z] B.[ʃ] C.[ʒ]

你答對了幾題呢？

解答

I 1.(B) 2.(C) 3.(A) 4.(C) 5.(B)

II 1.(B) 2.(A) 3.(C) 4.(B) 5.(C)

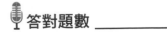

第 4 回 KK音標復習評量

答對題數 ________

題型 I：請選出畫線部分發音與其他不同的選項。

( ) 1. A. flood B. food C. bathroom D. noon

( ) 2. A. movie B. sold C. soul D. chosen

( ) 3. A. women B. do C. glue D. crew

( ) 4. A. sour B. towel C. souvenir D. cowboy

( ) 5. A. fall B. forest C. August D. calm

題型 II：請選出畫線部分的音標。

( ) 1. search A.[ɝ] B.[ɚ] C.[ə]

( ) 2. popular A.[ju] B.[jə] C.[j]

( ) 3. thousand A.[ɑr] B.[ɔr] C.[aʊ]

( ) 4. perfume A.[ʌ] B.[ʊ] C.[ju]

( ) 5. singer A.[n] B.[ŋ] C.[g]

你答對了幾題呢？

解答
I 1.(A) 2.(A) 3.(A) 4.(C) 5.(D)
II 1.(A) 2.(B) 3.(C) 4.(C) 5.(B)

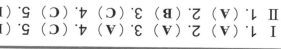

第 5 回 KK音標復習評量

答對題數 ________

題型 I：請選出畫線部分發音與其他不同的選項。

( ) 1. A. resevoir B. oyster C. boil D. coin

( ) 2. A. fork B. actor C. absorb D. land lord

( ) 3. A. shoulder B. doughnut C. source D. sought

( ) 4. A. month B. once C. done D. button

( ) 5. A. surprise B. nervous C. worry D. earthquake

題型 II：請選出畫線部分的音標。

( ) 1. hour A.[h] B.[ʒ] C. 不發音

( ) 2. column A.[n] B.[ŋ] C. 不發音

( ) 3. psychology A.[p] B.[θ] C. 不發音

( ) 4. quiet A.[u] B.[w] C. 不發音

( ) 5. neighbor A.[g] B.[f] C. 不發音

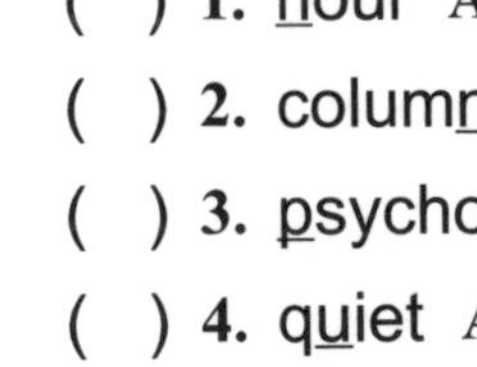

你答對了幾題呢？

解答
I 1.(A) 2.(B) 3.(D) 4.(B) 5.(A)
II 1.(C) 2.(C) 3.(C) 4.(B) 5.(C)

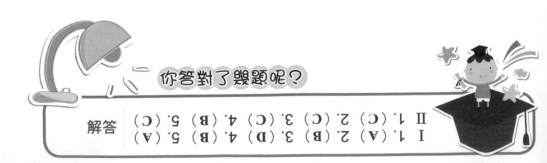

第 6 回 KK音標復習評量

答對題數 ________

題型 I：請選出畫線部分發音與其他不同的選項。

( ) 1. A. push　B. could　C. boutique　D. wood

( ) 2. A. work　B. singer　C. dollar　D. color

( ) 3. A. potato　B. almost　C. album　D. elevator

( ) 4. A. leather　B. think　C. these　D. breathe

( ) 5. A. vacation　B. mechanic　C. washer　D. musician

題型 II：請選出畫線部分的音標。

( ) 1. another　A.[t]　B.[ð]　C.[θ]

( ) 2. elephant　A.[f]　B.[p]　C.[ʒ]

( ) 3. graduate　A.[d]　B.[dʒ]　C.[j]

( ) 4. clothes　A.[z]　B.[ɪz]　C.[ɪs]

( ) 5. special　A.[tʃ]　B.[ʃ]　C.[ʒ]

你答對了幾題呢？

解答
I 1.(C) 2.(A) 3.(B) 4.(B) 5.(B)
II 1.(B) 2.(A) 3.(B) 4.(A) 5.(B)

第 7 回 KK音標復習評量

答對題數 ________

題型 I：請選出畫線部分發音與其他不同的選項。

( ) 1. A. major B. garbage C. education D. garget

( ) 2. A. gym B. gear C. gentle D. bridge

( ) 3. A. chair B. brench C. witch D. chef

( ) 4. A. moon B. autumn C. fluently D. screen

( ) 5. A. bank B. uncle C. sign D. finger

題型 II：請選出畫線部分的音標。

( ) 1. steak A.[i] B.[ɛ] C.[e]

( ) 2. daughter A.[aʊ] B.[ɔ] C.[ɑ]

( ) 3. without A.[ð] B.[θ] C.[h]

( ) 4. accident A.[k] B.[s] C.[ʃ]

( ) 5. private A.[æ] B.[e] C.[ɪ]

你答對了幾題呢?

解答

I 1.(D) 2.(B) 3.(D) 4.(B) 5.(C)

II 1.(C) 2.(B) 3.(A) 4.(B) 5.(C)

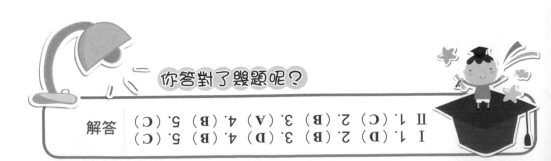

第 8 回 KK音標復習評量

答對題數 ________

題型 I：請選出畫線部分發音與其他不同的選項。

( ) 1. A. climb　B. debt　C. member　D. bomb
( ) 2. A. pencil　B. money　C. stick　D. business
( ) 3. A. year　B. million　C. popular　D. young
( ) 4. A. cry　B. night　C. die　D. lily
( ) 5. A. salt　B. laugh　C. salary　D. cafeteria

題型 II：請選出畫線部分的音標。

( ) 1. careful　A.[ɑ]　B.[ɛ]　C.[æ]
( ) 2. month　A.[ʌ]　B.[ɑ]　C.[o]
( ) 3. information　A.[ɔr]　B.[ɚ]　C.[ɝ]
( ) 4. parents　A.[ɑ]　B.[æ]　C.[ɛ]
( ) 5. question　A.[t]　B.[ʃ]　C.[tʃ]

你答對了幾題呢？

解答
I 1.(C) 2.(A) 3.(C) 4.(D) 5.(A)
II 1.(B) 2.(A) 3.(B) 4.(C) 5.(C)

第 9 回 KK音標復習評量

答對題數 ________

題型 I：請選出畫線部分發音與其他不同的選項。

( ) 1. A. analysis B. study C. elementary D. circus

( ) 2. A. touch B. juice C. group D. blew

( ) 3. A. great B. steak C. break D. breakfast

( ) 4. A. environment B. climate C. information D. convenient

( ) 5. A. foreigner B. spinach C. language D. relief

題型 II：請選出畫線部分的音標。

( ) 1. interesting A.[ˋɪntrɪstɪŋ] B.[ˋɪntɚɛstɪŋ] C.[ˋɪntrɛstɪŋ]

( ) 2. factory A.[ˋfæktɔrɪ] B.[ˋfæktrɪ] C.[ˋfæktorɪ]

( ) 3. centuary A.[ˋsɛntuɛrɪ] B.[ˋsɛntərɪ] C.[ˋsɛntʃərɪ]

( ) 4. spaghetti A.[spæˋgɛtɪ] B.[spəˋgɛtɪ] C.[spəˋhɛtɪ]

( ) 5. brochure A.[broˋʃur] B.[broˋtʃur] C.[brəˋjur]

你答對了幾題呢？

解答
I 1.(B) 2.(A) 3.(D) 4.(D) 5.(D)
II 1.(A) 2.(B) 3.(C) 4.(B) 5.(A)

第10回 KK音標復習評量

答對題數 ________

題型Ⅰ：請選出畫線部分發音與其他不同的選項。

( ) 1. A. belong B. cellphone C. waterfall D. haunted

( ) 2. A. wonderful B. rough C. wolf D. funny

( ) 3. A. bullet B. pudding C. woman D. pollution

( ) 4. A. guest B. glue C. fruit D. chew

( ) 5. A. security B. inception C. individual D. possible

題型Ⅱ：請選出畫線部分的音標。

( ) 1. dictionary A.[ˋdɪk͵ʃənərɪ] B.[ˋdɪtʃən͵ɛrɪ] C.[ˋdɪkʃən͵ɛrɪ]

( ) 2. energetic A.[͵ɪnəˋdʒɛtɪk] B.[͵ɛnɚˋdʒɛtɪk] C.[͵ɛnəˋgɛtɪk]

( ) 3. enough A.[əˋnʌf] B.[əˋnuf] C.[əˋnaʊf]

( ) 4. celebration A.[͵sɛləˋbrɛʃən] B.[͵sɪləˋbreʃən] C.[͵sɛləˋbreʃən]

( ) 5. refrigerator A.[rəˋfrɪdʒə͵retʃɚ] B.[rɪˋfrɪdʒə͵retɚ] C.[rɪˋfrɪdʒə͵rɛtə]

你答對了幾題呢？

解答

Ⅰ 1.(B) 2.(C) 3.(D) 4.(A) 5.(B)

Ⅱ 1.(C) 2.(B) 3.(A) 4.(C) 5.(B)

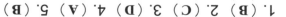

KK音標評量解析

第 1 回

I

❶ [ɑ] [ɑ] [ɔ] [ɑ]

❷ [ɔ] [ɑ] [ɑ] [ɑ]

❸ [ɛ] [ɛ] [ɛ] [e]

❹ [ɪ] [ɪ] [ɪ] [aɪ]

❺ [ʊ] [ʌ] [ʊ] [ʊ]

II

❶ [u]

❷ [e]

❸ [ɚ]

❹ [u]

❺ [ɛ]

第 2 回

I

❶ [aɪ] [i] [i] [i]

❷ [ɛ] [ɛ] [ɪ] [ɛ]

❸ [ɛ] [æ] [æ] [æ]

❹ [ʌ] [ɑ] [ʌ] [ʌ]

❺ [ʌ] [ʌ] [ʌ] [ɪ]

II

❶ [ɔ]

❷ [aʊ]

❸ [i]

❹ [ʌ]

❺ [ɑ]

第 3 回

I

❶ [i] [ɛ] [i] [i]

❷ [e] [e] [ə] [e]

❸ [aɪ] [e] [e] [e]

❹ [o] [o] [u] [o]

❺ [ju] [ɪ] [ju] [ju]

II

❶ [i]

❷ [o]

❸ [u]

❹ [aɪ]

❺ [ʒ]

第 4 回

I

❶ [ʌ] [u] [u] [u]

❷ [u] [o] [o] [o]

❸ [ɪ] [u] [u] [u]

❹ [aʊ] [aʊ] [u] [aʊ]

❺ [ɔ] [ɔ] [ɔ] [ɑ]

II

❶ [ɝ]

❷ [jə]

❸ [aʊ]

❹ [ju]

❺ [ŋ]

第 5 回

I

❶ [ɑ] [ɔɪ] [ɔɪ] [ɔɪ]

❷ [ɔr] [ɚ] [ɔr] [ɔr]

❸ [o] [o] [o] [ɔ]

❹ [ʌ] [wʌ] [ʌ] [ʌ]

❺ [ɚ] [ɝ] [ɝ] [ɝ]

II

❶ [×]

❷ [×]

❸ [×]

❹ [w]

❺ [×]

第 6 回

I

❶ [ʊ] [ʊ] [u] [ʊ]

❷ [ɝ] [ɚ] [ɚ] [ɚ]

❸ [ə] [ɔ] [ə] [ə]

❹ [ð] [θ] [ð] [ð]

❺ [ʃ] [k] [ʃ] [ʃ]

II

❶ [ð]

❷ [f]

❸ [dʒ]

❹ [z]

❺ [ʃ]

第 7 回

I

❶ [dʒ] [dʒ] [dʒ] [ʒ]

❷ [dʒ] [g] [dʒ] [dʒ]

❸ [tʃ] [tʃ] [tʃ] [ʃ]

❹ [n] [×] [n] [n]

❺ [ŋ] [ŋ] [n] [ŋ]

II

❶ [e]

❷ [ɔ]

❸ [ð]

❹ [s]

❺ [ɪ]

第 8 回

I

❶ [×] [×] [b] [×]

❷ [×] [ɪ] [ɪ] [ɪ]

❸ [j] [j] [jə] [j]

❹ [aɪ] [aɪ] [aɪ] [ɪ]

❺ [ɔ] [æ] [æ] [æ]

II

❶ [ɛ]

❷ [ʌ]

❸ [ɚ]

❹ [ɛ]

❺ [tʃ]

第 9 回

I

❶ [ə] [ɪ] [ə] [ə]

❷ [ʌ] [u] [u] [u]

❸ [e] [e] [e] [ɛ]

❹ [ɪ] [ə] [ɪ] [ɪ]

❺ [ɪ] [ɪ] [ɪ] [i]

II

❶ [ˋɪntrɪstɪŋ]

❷ [ˋfæktrɪ]

❸ [ˋsɛntʃərɪ]

❹ [spəˋgɛtɪ]

❺ [broˋʃur]

第10回

I	II
❶ [ɔ] [o] [ɔ] [ɔ]	❶ [ˋdɪkʃən͵ɛrɪ]
❷ [ʌ] [ʌ] [u] [ʌ]	❷ [͵ɛnɚˋdʒɛtɪk]
❸ [u] [u] [u] [ə]	❸ [əˋnʌf]
❹ [×] [u] [u] [u]	❹ [͵sɛləˋbreʃən]
❺ [ə] [ɪ] [ə] [ə]	❺ [rɪˋfrɪdʒə͵retɚ]

得分表（1～10回共100題，每題1分）

100分	*Perfect!*
80～90分	*Excellent!*
70～80分	*Good job!*
60分以下	*Try again!*

MEMO

KK音標
字母索引櫥窗

A有哪些...

p12

組合	讀音	例字
a	不發音	animal [ˋænəml̩] 動物 arrival [əˋraɪvl̩] 到達 total [ˋtotl̩] 總計
a [æ]	ㄜㄝ	ankle [ˋæŋkl̩] 腳踝 fashion [ˋfæʃən] 流行 task [tæsk] 任務
a [ɛ]	ㄝ	anything [ˋɛnɪ͵θɪŋ] 任何事物 area [ˋɛrɪə] 地區 many [ˋmɛnɪ] 許多
a [ɪ]	一	climate [ˋklaɪmɪt] 氣候 palace [ˋpælɪs] 宮殿 spinach [ˋspɪnɪtʃ] 菠菜
a [ɑ]	ㄚ	father [ˋfɑðɚ] 父親 master [ˋmɑstɚ] 主人 watch [wɑtʃ] 手錶
a [e]	ㄟ	Asia [ˋeʒə] 亞洲 fatal [ˋfetl̩] 致命的 major [ˋmedʒɚ] 主要的
a [ɔ]	ㄛ	warrant [ˋwɔrənt] 授權書 warrior [ˋwɔrɪɚ] 戰士 water [ˋwɔtɚ] 水
a [jə]	一ㄝㄦ	piranha [pɪˋrɑnjə] 食人魚 （h不發音）

組合	讀音	例字
a [ə]	ㄦ	ago [əˋgo] 之前 banana [bəˋnænə] 香蕉 salad [ˋsæləd] 沙拉
ache [ek]	ㄟㄎ	ache [ek] 疼痛 headache [ˋhɛdek] 頭痛 toothache [ˋtuθek] 牙痛
ae [ɛ]	ㄝ	aesthetics [ɛsˋθɛtɪks] 美學 aerobics [ɛˋrobɪks] 有氧運動
ae [ɪ]	ㄧ	sundae [ˋsʌndɪ] 聖代冰淇淋
ae [e]	ㄟ	jaeger [ˋdʒegɚ] 狙擊手 maelstrom [ˋmelstrəm] 大漩渦，大混亂
ae [i]	ㄧˋ	algae [ˋældʒi] 海藻 Caesar [ˋsizɚ] 凱撒 orthopaedist [ɔrθəˋpidɪst] 整形外科醫生
ae [ə]	ㄦ	kinaesthetic [ˏkɪnəsˋθɛtɪk] 動覺的 phalaenopsis [ˏfæləˋnopsɪs] 蝴蝶蘭
a-e [e]	ㄟ	face [fes] 臉 lake [lek] 湖 make [mek] 做

組合	讀音	例字
age [ɪdʒ]	ㄧ	garbage [\`garbɪdʒ] 垃圾 language [\`læŋ͵gwɪdʒ] 語言 orange [\`ɔrɪndʒ] 柳橙
ai	不發音	curtain [\`kɝtn̩] 窗簾 fountain [\`faʊtn̩] 泉水 mountain [\`maʊntn̩] 山脈
ai [ɛ]	ㄝ	again [ə\`gɛn] 再次 against [ə\`gɛnst] 面對 said [sɛd] 說（say的過去式）
ai [ɪ]	ㄧ	bargain [\`bargɪn] 講價 captain [\`kæptɪn] 隊長 porcelain [\`porslɪn] 瓷器
ai [e]	ㄟ	e-mail [\`i͵mel] 電子郵件 raincoat [\`renkot] 雨衣 sailor [\`selɚ] 水手
ai [aɪ]	ㄞ	aisle [\`aɪl] 通道 Hawaii [hə\`waɪji] 夏威夷 Taiwan [\`taɪwɑn] 台灣
ai [ə]	ㄦ	Britain [\`brɪtən] 大不列顛 villain [\`vɪllən] 流氓
air [ɛr]	ㄝㄜ	chair [tʃɛr] 椅子 hair [hɛr] 頭髮 airplane [\`ɛrplen] 飛機
al [æ]	ㄜㄝ （l不發音）	calf [cæf] 小牛 salmon [\`sæmən] 鮭魚

組合	讀音	例字
al [ɑ]	ㄚ （l不發音）	calm [cɑm] 冷靜 palm [pɑm] 手掌；棕櫚 almond [`ɑmənd] 杏仁
al [ɔ]	ㄛ	stalk [stɔk] 莖 talk [tɔk] 談話 walk [wɔk] 走路
al [ɔl]	ㄛㄛˇ	already [ɔl`rɛdɪ] 已經 bald [bɔld] 禿頭的 salt [`sɔlt] 塩
all [ɔl]	ㄛㄛˇ	fall [fɔl] 秋天 tall [tɔl] 高的 wall [wɔl] 牆壁
ao [aʊ]	ㄠ	ciao [tʃaʊ] 你好；再見
a-o [e o]	ㄟㄡ	potato [pə`teto] 馬鈴薯 radio [`redɪo] 收音機 tomato [tə`meto] 蕃茄
ar [ɑr]	ㄚㄜ	arm [ɑrm] 手臂 car [cɑr] 汽車 party [`pɑrtɪ] 宴會
ar [ɔr]	ㄛㄜ	quarter [`kwɔrtɚ] 一刻鐘 war [wɔr] 戰爭 warm [wɔrm] 溫暖
ar [ɚ]	ㄦˊ	calendar [`kæləndɚ] 日曆 dollar [`dɑlɚ] 元 liar [`laɪɚ] 騙子

組合	讀音	例字
ar [ɛr]	ㄝㄜ	vegetarian [ˌvɛdʒəˋtɛrɪən] 素食者 veterinarian [ˌvɛtərəˋnɛrɪən] 獸醫 librarian [laɪˋbrɛrɪən] 圖書館館員
are [ɛr]	ㄝㄜ	careful [ˋkɛrfəl] 小心的 hare [hɛr] 野兔 warehouse [ˋwɛrˌhaʊs] 倉庫
ary [ɛrɪ]	ㄝㄖㄨㄧ	library [ˋlaɪbrɛrɪ] 圖書館 vocabulary [vəˋkæbjəˌlɛrɪ] 字彙 wary [ˋwɛrɪ] 謹慎的
ary [ərɪ]	ㄦㄖㄨㄧ	diary [ˋdaɪərɪ] 日記 salary [ˋsælərɪ] 薪資
ate [ɪt]	ㄧㄊ	considerate [kənˋsɪdərɪt] 體貼的 laureate [ˋlɔrɪɪt] 桂冠詩人 passionate [ˋpæʃənɪt] 熱情的
ate [et]	ㄛㄜ	celebrate [ˋsɛləˌbret] 慶祝 graduate [ˋgrædʒʊˌet] 畢業 vibrate [ˋvaɪbret] 震動
ation [eʃən]	ㄟㄒㄩㄦㄣ	nation [ˋneʃən] 國家 station [ˋsteʃən] 車站 vacation [vəˋkeʃən] 假期

組合	讀音	例字
ator [etɚ]	ㄟㄊㄦˊ	escalator [ˋɛskəˏletɚ] 電扶梯 refrigerator [rɪˋfrɪdʒəˏretɚ] 冰箱 vibrator [ˋvaɪbretɚ] 振動器
au [æ]	ㄜㄝ	aunt [ænt] 阿姨 laugh [læf] 大笑
au [e]	ㄟ	gauge [gedʒ] 計量器
au [ɔ]	ㄛ	August [ˋɔgʌst] 八月 because [bɪˋkɔz] 因為 launch [lɔntʃ] 發射
aw [ɔ]	ㄛ	crawl [krɔl] 爬行 draw [drɔ] 畫圖 law [lɔ] 法律
ay [e]	ㄟ	away [əˋwe] 離去 pay [pe] 付錢 say [se] 說話
a-y [e ɪ]	ㄟㄧ	baby [ˋbebɪ] 嬰兒 crazy [ˋkrezɪ] 瘋狂的 lazy [ˋlezɪ] 懶惰的

B有哪些…

p15

組合	讀音	例字
b	同一音節 mb、bt b不發音	climb [klaɪm] 攀爬 dumb [dʌm] 啞巴 thumb [θʌm] 大拇指 debt [dɛt] 債務 doubt [daʊt] 懷疑 subtle [\`sʌtḷ] 精妙的
b(b)[b]	ㄅ	bank [bæŋk] 銀行 bathtub [\`bæθˏtʌb] 浴缸 rabbit [\`ræbɪt] 兔子

C有哪些…

p17

組合	讀音	例字
c(c) [k]	ㄎ	candy [\`kændɪ] 糖果 topic [\`tɑpɪk] 話題 soccer [\`sɑkɚ] 足球
c(e) [s]	ㄙ	center [\`sɛntɚ] 中央 service [\`sɝvɪs] 服務 success [sək\`sɛs] 成功
<u>c</u>e [tʃ]	ㄑ	cellist [\`tʃɛlɪst] 大提琴家 cello [\`tʃɛlo] 大提琴
ce [ʃ]	ㄒㄩ	crustacean [krʌ\`steʃən] 甲殼類動物 ocean [\`oʃən] 海洋 cretaceous [krɪ\`teʃəs] 白堊紀的

組合	讀音	例字
ch [k]	ㄎ	orchid [`ɔrkɪd] 蘭花 stomach [`stɑmək] 胃 technology [tɛk`nɑlədʒɪ] 科技
ch [ʃ]	ㄒㄩ	chef [ʃɛf] 主廚 machine [mə`ʃin] 機器 parachute [`pærəʃut] 降落傘
ch [tʃ]	ㄑ	bench [bɛntʃ] 長椅 chicken [`tʃɪkən] 雞肉 church [tʃɝtʃ] 教堂
ci [s]	ㄙ	cite [saɪt] 引用 city [`sɪtɪ] 城市 circle [`sɝkl̩] 圓形
ci [ʃ]	ㄒㄩ	ancient [`enʃənt] 古代的 glacier [`gleʃɚ] 冰河 special [`spɛʃəl] 特別的
cian [ʃən]	ㄒㄩㄦㄣ	magician [mə`dʒɪʃən] 魔術師 musician [mju`zɪʃən] 音樂家 physician [fə`zɪʃən] 醫師
ck [k]	ㄎ	black [blæk] 黑色 check [tʃɛk] 檢查 rock [rɑk] 石頭
cy [s]	ㄙ	bicycle [`baɪsɪkl̩] 自行車 mercy [mɝsɪ] 慈悲 recycle [rɪ`saɪkl̩] 資源再利用
cz [tʃ]	ㄑㄩ	Czech [tʃɛk] 捷克人；捷克語

D有哪些…

p19

組合	讀音	例字
d	不發音	handkerchief [ˋhæŋkɚtʃif] 手帕 handsome [ˋhænsəm] 英俊的 Wednesday [ˋwɛnzde] 星期三
d(d) [d]	ㄉ	dinner [ˋdɪnɚ] 晚餐 feed [fid] 餵食 riddle [ˋrɪdḷ] 謎題
di [dʒ]	ㄐ	cordial [ˋkɔrdʒəl] 熱忱的 soldier [ˋsoldʒɚ] 士兵
dge [dʒ]	ㄐ	bridge [brɪdʒ] 橋 judge [dʒʌdʒ] 審判 ridge [rɪdʒ] 山脊
de [dʒ]	ㄐ	grandeur [ˋgrændʒɚ] 壯觀
dr [dr]	ㄗㄨ	drink [drɪŋk] 喝 drive [draɪv] 駕駛 drum [drʌm] 鼓
du [dʒ]	ㄐ	education [ˏɛdʒəˋkeʃən] 教育 graduate [ˋgrædʒuˏet] 畢業 schedule [ˋskɛdʒul] 進度表

A B C D E F G H I J K L M N O P Q R S T U V W X Y Z

E有哪些…

p21

組合	讀音	例字
e	不發音	cancel [ˋkænsḷ] 取消 listen [ˋlɪsṇ] 聆聽 travel [ˋtrævḷ] 旅行
e [ɛ]	ㄝ	elevator [ˋɛlə͵vetɚ] 電梯 desk [dɛsk] 書桌 test [tɛst] 測驗
e [ɪ]	一	English [ˋɪŋglɪʃ] 英文 eleven [ɪˋlɛvən] 十一 serious [ˋsɪrɪəs] 認真的
e [ɑ]	ㄚ	encore [ˋɑŋkɔr] 安可曲 rendezvous [ˋrɑndə͵vu] 會合點 sergeant [ˋsɑrdʒənt] 巡佐
e [e]	ㄟ	ballet [ˋbæle] 芭蕾舞 café [kæˋfe] 咖啡館 resume [͵rɛzuˋme] 履歷表
e [i]	一ˋ	fever [ˋfivɚ] 發燒 female [ˋfimel] 雌性 medium [ˋmidɪəm] 中等的
e [ə]	ㄦ	diet [ˋdaɪət] 節食 open [ˋopən] 打開 system [ˋsɪstəm] 系統
ea [ɛ]	ㄝ	bread [brɛd] 麵包 head [hɛd] 頭 weather [ˋwɛðɚ] 天氣

組合	讀音	例字
ea [e]	ㄟ	break [brek] 打破 great [gret] 偉大 steak [stek] 牛排
ea [i]	一ˋ	cheap [tʃip] 便宜 lead [lid] 領導 teapot [ˋtipɑt] 茶壺
ea [iə]	一ˋㄦ	idea [aɪˋdiə] 主意 real [ˋriəl] 真的 theater [ˋθiətɚ] 戲院
ear [ɛr]	ㄝㄜ	bear [bɛr] 熊 pear [pɛr] 水梨 wear [wɛr] 穿
ear [ɪr]	一ㄜ	clear [klɪr] 晴朗 earphone [ˋɪrfon] 耳機 hear [hɪr] 聽
ear [ɑr]	ㄚㄜ	heart [hɑrt] 心臟
ear [ɝ]	ㄦˇ	earth [ɝθ] 地球 learn [lɝn] 學習 search [sɝtʃ] 搜尋
eau [ju]	一ㄝㄨˋ(you)	beautiful [ˋbjutəfəl] 美麗的
eau [o]	ㄡ（ㄛㄨ）	bureau [ˋbjʊro] 局處 chateau [ʃæˋto] 莊園 plateau [plæˋto] 高原

組合	讀音	例字
ed [d]	ㄉ	borrowed [`bɑrod] 借入 died [daɪd] 死亡 studied [`stʌdɪd] 用功
ed [ɪd]	一ㄉ	needed [`nidɪd] 需要 painted [`pentɪd] 繪畫 wanted [`wantɪd] 想要
ed [t]	ㄊ	laughed [`læft] 大笑 stopped [stɑpt] 停止 walked [wɔkt] 走路
ee [e]	ㄟ	entrée [`antre] 主菜 fiancee [ˌfɪən`se] 未婚妻 matinee [ˌmætn̩`e] 日場電影
ee [i]	一ㄟ	employee [ˌɪmplɔɪ`i] 員工 referee [ˌrɛfə`ri] 裁判員 refugee [ˌrɛfjʊ`dʒi] 難民
e-e [i]	一ㄟ	Chinese [tʃaɪ`niz] 中國人 eve [iv] 前夕 these [ðiz] 這些
eer [ɪr]	一ㄜ（ㄦ）	career [kə`rɪr] 生涯 engineer [ˌɛndʒə`nɪr] 工程師 volunteer [ˌvɑlən`tɪr] 志願者
ei [ɪ]	一	foreigner [`fɔrɪnɚ] 外國人 sovereign [`sɑvrɪn] 主權 weird [`wɪrd] 奇異的
ei [e]	ㄟ	eight [et] 八 neighbor [`nebɚ] 鄰居 vein [ven] 靜脈

組合	讀音	例字
ei [i]	一ˋ	ceiling [ˋsilɪŋ] 天花板 either [ˋiðɚ] 兩者之一的 receipt [rɪˋsit] 收據
ei [aɪ]	ㄞ	Fahrenheit [ˋfærən,haɪt] 華氏 height [haɪt] 高度 kaleidoscope [kəˋlaɪdə,skop] 萬花筒
eir [ɛr]	せさ	heir [ɛr] 繼承人 heirship [ˋɛr,ʃɪp] 繼承人資格 their [ðɛr] 他們的
eo [i]	一ˋ	people [pipl̩] 人們
eo [ɛ]	せ	jeopardy [ˋdʒɛpɚdɪ] 危險；危難 leopard [ˋlɛpɚd] 豹
eo [ju]	一せㄨˋ	feod [fjud] 領地；采邑
er [ɑr]	ㄚさ	sergeant [ˋsɑrdʒənt] 士官
er [ɝ]	ㄦˇ	clerk [klɝk] 店員 germ [dʒɝm] 細菌 nervous [ˋnɝvəs] 神經質的

組合	讀音	例字
er [ɚ]	ㄦˊ	cancer [ˋkænsɚ] 癌症 dancer [ˋdænsɚ] 舞者 teacher [ˋtitʃɚ] 教師
ere [ɛr]	ㄝㄜ	there [ðɛr] 那裡 where [hwɛr] 哪裡
ere [ɪr]	ㄧㄜ	here [hɪr] 這裡 mere [mɪr] 僅僅 sincere [sɪnˋsɪr] 誠摯的
eu [ju]	ㄧㄝㄨˋ (you)	euthanasia [ˏjuθəˋneʒə] 安樂死 neuter [ˋnjutɚ] 中性 pneumonia [njuˋmonjə] 肺炎
eu [jʊ]	ㄧㄝㄨ (you)	Europe [ˋjʊrəp] 歐洲 neurology [njʊˋrɑlədʒɪ] 神經學 neural [ˋnjʊrəl] 神經中樞的
eu [u]	ㄨˋ	leukemia [luˋkimɪə] 白血症 maneuver [məˋnuvɚ] 大演習 rheumatism [ˋruməˏtɪzəm] 風濕症
eu [ʊ]	ㄨ	amateur [ˋæməˏtʃʊr] 業餘者
eur [ɝ]	ㄦˇ	connoisseur [ˏkɑnəˋsɝ] 鑑賞家 entrepreneur [ˏantrəprəˋnɝ] 創業家 saboteur [ˏsæbəˋtɝ] 破壞分子

組合	讀音	例字
ew [ju]	ㄧㄝㄨˋ (you)	few [fju] 很少的 news [njuz] 新聞 sewage [ˋsjuɪdʒ] 污水
ew [u]	ㄨˋ	crew [ˋkru] 機組人員 jewelry [ˋdʒuəlrɪ] 珠寶 screw [skru] 螺絲釘
ew [o]	ㄡ	sew [so] 縫紉 sewer [ˋsoɚ] 縫紉機 （sewer [ˋsjuɚ] 下水道）
ey [ɪ]	ㄧ	hockey [ˋhɑkɪ] 曲棍球 kidney [ˋkɪdnɪ] 腎臟 money [ˋmʌnɪ] 金錢
ey [e]	ㄟ	obey [əˋbe] 服從 survey [sɚˋve] 調查 they [ðe] 他們
ey [i]	ㄧˋ	key [ki] 鑰匙 keyboard [ˋkiˏbord] 鍵盤 Ceylonese [ˏsiləˋniz] 錫蘭島人
ey [aɪ]	ㄞ	eyebrow [ˋaɪˏbrau] 眉毛 geyser [ˋgaɪzɚ] 間歇性噴泉

F有哪些…

p23

組合	讀音	例字
f [f]	ㄈ	afternoon [ˏæftɚˋnun] 下午 front [frʌnt] 前面 roof [ruf] 屋頂
ff [f]	ㄈ	coffee [ˋkɔfɪ] 咖啡 giraffee [dʒəˋræf] 長頸鹿 office [ˋɔfɪs] 辦公室
f [v]	ㄈ （振動聲帶發音）	of [ɑ(ə)v] 屬於

G有哪些…

p25

組合	讀音	例字
g	不發音	phlegm [ˋflɛm] 痰
g [g]	ㄍ	gold [gold] 黃金 green [grin] 綠色 leg [lɛg] 腿
g [dʒ]	ㄐ	gentle [ˋdʒɛntl̩] 溫柔的 giant [ˋdʒaɪənt] 巨人 gym [dʒɪm] 體育館

組合	讀音	例字
ge [dʒ]	ㄐ	George [dʒɔrdʒ] 喬治（男子名） large [lardʒ] 大的 pigeon [`pɪdʒən] 鴿子
ge [ʒ]	ㄐ （振動喉嚨聲帶發音）	beige [`beʒ] 米色 garage [gə`rɑʒ] 車庫 mirage [mə`rɑʒ] 幻影； 海市蜃樓
gg [g]	ㄍ	baggage [`bægɪdʒ] 行李（美式） luggage [`lʌgɪdʒ] 行李（英式） goggle [`gɑgl̩] 護目鏡 nugget [`nʌgɪt] 金塊
gh	不發音	daughter [`dɔtɚ] 女兒 highlighter [`haɪˋlaɪtɚ] 螢光筆 night [naɪt] 夜晚
gh [f]	ㄈㄨ	cough [kɔf] 咳嗽 enough [ə`nʌf] 足夠的 laugh [læf] 大笑
gn [n]	ㄋ（母音前） ㄣ（母音後）	gnat [næt] 蚊蚋 gnaw [nɔ] 啃囓 foreigner [`fɔrɪnɚ] 外國人 sign [saɪn] 標誌；簽名
gue [g]	ㄍ	dialogue [`daɪəˌlɔg] 對話 league [lig] 聯盟 vogue [vog] 時尚

H有哪些…

p27

組合	讀音	例字
h	不發音	ghost [gost] 鬼魂 honest [`ɑnɪst] 誠實的 hour [aur] 小時
h [h]	ㄏ	ham [hæm] 火腿 hint [hɪnt] 提示 hospital [`hɑspɪtḷ] 醫院

I有哪些…

p29

組合	讀音	例字
i	不發音	cousin [`kʌzṇ] 表（堂）兄弟姐妹 medicine [`mɛdəsṇ] 藥 pencil [`pɛnsḷ] 鉛筆
i [æ]	ㄜㄝ	lingerie [`læŋʒərɪ] 女性貼身內衣
i [ɪ]	一	big [bɪg] 大的 kingdom [`kɪŋdəm] 王國 miss [mɪs] 思念
i [j]	一ㄝ	alien [`eljən] 外國人 convenient [kən`vɪnjənt] 便利的 million [`mɪljən] 百萬

組合	讀音	例字
i [i]	一丶	fatigue [fə`tig] 疲勞 kiwi [`kiwɪ] 奇異果 ski [ski] 滑雪
i [aɪ]	ㄚ一	find [`faɪnd] 發現 idea [aɪ`dɪə] 概念 island [`aɪlənd] 島嶼
i [ə]	ㄦ	festival [`fɛstəvl̩] 慶典 holiday [`hɑləde] 假日 terrible [`tɛrəbl̩] 恐怖的
ie [ɛ]	ㄝ	friend [frɛnd] 朋友
ie [ɪ]	一	cookie [`kʊkɪ] 餅乾 movie [`muvɪ] 電影 rookie [`rukɪ] 新手
ie [i]	一丶	chief [tʃif] 上司 field [fild] 田野 thief [θif] 小偷
ie [aɪ]	ㄞ	die [daɪ] 死亡 lie [laɪ] 說謊 necktie [`nɛktaɪ] 領帶
i-e [aɪ]	ㄞ	bike [baɪk] 自行車 knife [naɪf] 刀子 rice [raɪs] 米飯
ieu [u]	ㄨ丶	lieutenant [`lutɛnənt] 尉官

組合	讀音	例字
iew [ju]	ㄧㄝㄨˋ (you)	preview [`pri`vju] 預習 review [rɪ`vju] 複習 view [vju] 眺望
igh [aɪ]	ㄞ	flight [flaɪt] 飛行 light [laɪt] 燈光 right [raɪt] 對的
ine [n]	ㄣ	medicine [`mɛdəsn̩] 藥
ine [in]	ㄧˋㄣ	cuisine [kwɪ`zin] 料理 magazine [ˏmægə`zin] 雜誌 routine [ru`tin] 例行公事
io [aɪə]	ㄞㄦ	iodine [`aɪədaɪn] 碘 iodism [`aɪəˏdɪzəm] 碘中毒 ion [`aɪən] 離子
ir [ɝ]	ㄦˇ	circus [`sɝkəs] 馬戲團 dirty [`dɝtɪ] 骯髒的 skirt [skɝt] 裙子
ire [aɪr]	ㄞㄜ	fire [faɪr] 火 tire [taɪr] 輪胎 wire [waɪr] 電線
ism [ɪzəm]	ㄧㄗㄦㄇㄨ	capitalism [`kæpətl̩ˏɪzəm] 資本主義 realism [`rɪə`lɪzəm] 寫實主義

J有哪些…

p31

組合	讀音	例字
j [dʒ]	ㄐ	enjoy [ɪn`dʒɔɪ] 享受 jasmine [`dʒæsmɪn] 茉莉 project [prə`dʒɛkt] 計畫
ju [hw]	ㄏㄨㄜ	marijuana [ˏmɑrɪ`hwɑnə] 大麻 San Juan [sæn`hwɑn] 聖胡安（中美洲Puerto Rico波多黎各之首都）

K有哪些…

p33

組合	讀音	例字
k	同一音節 kn 相連時，k 不發音	knee [ni] 膝蓋 knock [nɑk] 敲 know [no] 知道
k [k]	ㄎ	kick [kɪk] 踢 park [pɑrk] 公園 tank [tæŋk] 水槽

L有哪些…

p35

組合	讀音	例字
l	不發音	calf [kæf] 小牛 palm [pɑm] 手掌 salmon [`sæmən] 鮭魚

組合	讀音	例字
l(l) [l]	母音前ㄌ	ballon [bə`lun] 氣球 leaf [lif] 樹葉 lemon [`lɛmən] 檸檬
l(l) [l] ; [l̩]	母音後ㄛˇ	already [ɔl`rɛdɪ] 已經 pencil [`pɛnsl̩] 鉛筆 tall [tɔl] 高的

M有哪些...

p37

組合	讀音	例字
m(m) [m]	ㄇㄜ	mask [mæsk] 面具 mommy [`mɑmɪ] 木乃伊 mug [mʌg] 馬克杯
m [m]	ㄇㄨ	bathroom [`bæθrum] 浴室 farm [farm] 農場 time [taɪm] 時間

N有哪些...

p39

組合	讀音	例字
n	同一音節 mn 相連時，n 不發音	autumn [`ɔtəm] 秋天 column [`kaləm] 專欄 damn [dæm] 咒罵
n(n) [n]	母音前ㄋ	nice [naɪs] 美好的 snore [snor] 打鼾 tunnel [`tʌnl̩] 隧道

組合	讀音	例字
n(n) [n] ; [n̩]	母音後ㄣ	can [kæn] 瓶罐 garden [`gɑrdn̩] 花園 inn [ɪn] 小旅館
n̲c [ŋ]	ㄥ	anchor [`æŋkɚ] 主播 encore [`ɑŋkor] 再演奏一曲 uncle [`ʌŋkl̩] 叔伯
ng [ŋ]	ㄥ	long [lɔŋ] 長的 strong [strɔŋ] 強壯的 tongue [tʌŋ] 舌頭
ng [ŋg]	ng不在同音節 ㄥㄍ	finger [`fɪŋgɚ] 手指 linger [`lɪŋgɚ] 徘徊
n̲k [ŋ]	ㄥ	bank [bæŋk] 銀行 drunk [drʌŋk] 酒醉 think [θɪŋk] 想；思考
n̲q [ŋ]	ㄥ	banquet [`bæŋkwɪt] 正式宴會 relinquish [rɪ`lɪŋkwɪʃ] 撤回；讓渡
n̲x [ŋ]	ㄥ	anxious [`æŋkʃəs] 擔心的 lynx [lɪŋks] 山貓 sphinx [sfɪŋks]（埃及）人面 獅身像

O有哪些...

p41

組合	讀音	例字
o	不發音	factory [`fækt(ə)rɪ] 工廠 foehn [fen] 焚風 history [`hɪstrɪ] 歷史
o [ɪ]	一	women [`wɪmɪn] 女人（複數）
o [ɑ]	ㄚ	frog [frɑg] 青蛙 hot [hɑt] 熱的 October [ɑk`tobɚ] 十月
o [ʌ]	ㄜㄚ	come [kʌm] 來 month [mʌnθ] 月份 onion [`ʌnjən] 洋蔥
o [wʌ]	ㄨㄜㄚ	one [wʌn] 一 once [wʌns] 一次；曾經
o [o]	ㄡ	gold [`gold] 黃金 piano [pɪ`æno] 鋼琴 toll [tol] 使用費；通行費
o [u]	ㄨ丶	do [du] 做 removal [rɪ`muvḷ] 移除 to [tu] 朝向
o [ʊ]	ㄨ	bosom [`bʊzəm] 胸 wolf [`wʊlf] 狼 woman [`wʊmən] 女人

組合	讀音	例字
o [ɔ]	ㄛ	chocolate [ˋtʃɔklɪt] 巧克力 lost [lɔst] 失去 office [ˋɔfɪs] 辦公室
o [ə]	ㄦ	diamond [ˋdaɪəmənd] 鑽石 tonight [təˋnaɪt] 今晚 violin [ˏvaɪəˋlɪn] 小提琴
oa [o]	ㄡ	blackboard [ˋblækbord] 黑板 soap [sop] 肥皂 throat [θrot] 喉嚨
oa [ɔ]	ㄛ	abroad [əˋbrɔd] 去國外 broad [brɔd] 寬闊的 broadcast [ˋbrɔdkæst] 廣播
oe [i]	一ˋ	coelenterate [siˋlɛntəˏret] 腔腸動物 Phoebe [ˋfibɪ] 月神 phoenix [ˋfinɪks] 不死鳥
oe [o]	ㄡ	aloe [ˋælo] 蘆薈 hoe [ho] 鋤頭 toe [to] 腳趾
o-e [o]	ㄡ	bone [bon] 骨頭 home [hom] 家 stone [ston] 石頭
oe [u]	ㄨˋ	canoe [kəˋnu] 獨木舟 doe [du] 雌鹿 shoe [ʃu] 鞋子

A B C D E F G H I J K L M N O P Q R S T U V W X Y Z

組合	讀音	例字
o-e [u]	ㄨˋ	lose [luz] 輸 move [muv] 搬動 prove [pruv] 證明
oi [wa]	ㄨㄜㄚ	abattoir [ˌæbəˋtwar] 屠宰場 croissant [krwaˋsɑn] 牛角麵包 memoir [ˋmɛmwar] 傳記；回憶錄
oi [ɔɪ]	ㄛㄧ	coin [kɔɪn] 硬幣 join [dʒɔɪn] 參加 noise [nɔɪz] 噪音
oi [waɪ]	ㄨㄜㄞ	choir [ˋkwaɪr] 合唱團
oi [ɔ]	ㄛ	reservoir [ˋrɛzɚvɔr] 水庫
<u>o</u>ng [ɔ]	ㄛ	long [lɔŋ] 長的 strong [strɔŋ] 強壯的 wrong [rɔŋ] 錯的
oo [ʌ]	ㄜㄚ	blood [blʌd] 血 flood [flʌd] 淹水
oo [o]	ㄡ	brooch [brotʃ] 胸針 door [dor] 門 floor [flor] 地板

組合	讀音	例字
oo [u]	ㄨˋ	food [fud] 食物 room [rum] 房間 tattoo [tæ`tu] 刺青
oo [ʊ]	ㄨ	foot [fʊt] 腳 good [gʊd] 好的 look [lʊk] 看
or [ɔr]	ㄛㄜ	absorb [əb`sɔrb] 吸收 forest [`fɔrɪst] 森林 landlord [`lænd͵lɔrd] 房東
or [ɝ]	ㄦˇ	attorney [ə`tɝnɪ] 律師 work [wɝk] 工作 world [wɝld] 世界
or [ɚ]	ㄦˊ	actor [`æktɚ] 演員 behavior [bɪ`hevjɚ] 行為 doctor [`dɑktɚ] 醫生
ore [or]	ㄡㄜ	before [bɪ`for] 以前 core [kor] 核心 store [stor] 商店
ory [orɪ]	ㄡㄖㄨㄧ	glory [`glorɪ] 光榮 inventory[`ɪnvən͵torɪ] 庫存 story [`storɪ] 故事
ou [ʌ]	ㄜㄚ	enough [ɪ`nʌf] 足夠的 touch [tʌtʃ] 觸摸 young [jʌŋ] 年輕的
ou [o]	ㄡ	doughnut [`donʌt] 甜甜圈 shoulder [`ʃoldɚ] 肩膀 soul [sol] 靈魂

組合	讀音	例字
ou [ju]	一ㄝㄨˋ（you）	Houston [`hjustən] 休士頓（美國太空總署NASA太空中心所在地）
ou [u]	ㄨˋ	boutique [buˋtɪk] 精品服飾店 group [grup] 團體 soup [sup] 湯
ou [ʊ]	ㄨ	gourmet [gʊr`me] 美食家 should [ʃʊd] 應該 tour [tʊr] 旅行
ou [aʊ]	ㄠ	cloud [klaʊd] 雲 mouth [maʊθ] 嘴巴 thousand [`θaʊzənd] 千
ou [ɔ]	ㄛ	cough [kɔf] 咳嗽 fought [fɔt] 打架；爭吵 thought [θɔt] 思想
our [or]	ㄡㄜ	course [kors] 途徑 four [for] 四 mourn [morn] 哀悼
our [aʊr]	ㄠㄜ	flour [flaʊr] 麵粉 ourselves [aʊr`sɛlvz] 我們自己 sour [saʊr] 酸的
our [ɝ]	ㄦˇ	courage [`kɝɪdʒ] 勇氣 journey [`dʒɝnɪ] 旅程 nourish [`nɝɪʃ] 滋養

組合	讀音	例字
our [ɚ]	ㄦˇ	armour [ˋarmɚ] 盔甲 colour [ˋkʌlɚ] 顏色 rumour [ˋrumɚ] 謠言
ous [əs]	ㄦ	dangerous [ˋdendʒərəs] 危險的 famous [ˋfeməs] 有名的 serious [ˋsɪrɪəs] 認真的
ow [o]	ㄡ	borrow [ˋbɑro] 借入 snow [sno] 雪 tow [to] 拖吊
ow [aʊ]	ㄠ	eyebrow [ˋaɪˏbraʊ] 眉毛 shower [ˋʃaʊɚ] 淋浴,陣雨 towel [ˋtaʊəl] 毛巾
oy [aɪ]	ㄞ	coyote [kaɪˋot] 郊狼
oy [ɔɪ]	ㄛㄧ	decoy [dɪˋkɔɪ] 誘餌 loyalty [ˋlɔɪəltɪ] 忠誠 oyster [ˋɔɪstɚ] 生蠔；牡蠣

P有哪些...

p43

組合	讀音	例字
p	不發音	receipt [rɪˋsit] 收據 psychology [saɪˋkalədʒɪ] 心理學 pterodactyl [ˏtɛrəˋdæktɪl] 翼手龍

組合	讀音	例字
p(p) [p]	ㄆ	hippo [`hɪpo] 河馬 pocket [`pakɪt] 口袋 tip [tɪp] 秘訣
ph [f]	ㄈㄨ	dolphin [`dalfɪn] 海豚 geography [dʒɪ`agrəfɪ] 地理 telephone [`tɛləfon] 電話

Q有哪些…

p45

組合	讀音	例字
q [k]	ㄎ	Iraq [ɪ`rak] 伊拉克 Iraqi [ɪ`rakɪ] 伊拉克人
qu [kw]	ㄎㄨㄜ	banquet [`bæŋkwɪt] 正式宴會 quiet [`kwaɪət] 安靜的 squirrel [`skwɝəl] 松鼠
que [k]	ㄎ	cheque [tʃɛk] 支票 technique [tɛk`nik] 技法 unique [ju`nɪk] 獨特的
que [kɛ]	ㄎㄝ	etiquette [`ɛtɪkɛt] 禮儀
que [ke]	ㄎㄟ	bouquet [bu`ke] 花束

R有哪些...

p47

組合	讀音	例字
r(r) [r]	母音前ㄖㄨ	rice [raɪs] 米飯 rocket [ˋrɑkɪt] 火箭 terrorist [ˋtɛrərɪst] 恐怖分子
r [r]	母音後ㄜ	beer [bɪr] 啤酒 poor [pʊr] 貧窮的 warm [wɔrm] 溫暖的

S有哪些...

p49

組合	讀音	例字
s	不發音	aisle [aɪl] 通道 island [ˋaɪlənd] 島 islet [ˋaɪlɪt] 嶼
s [s]	ㄙ	ask [æsk] 問 spider [ˋspaɪdɚ] 蜘蛛 test [tɛst] 測驗
s [z]	ㄗ	husband [ˋhʌzbənd] 丈夫 noisy [ˋnɔɪzɪ] 吵鬧的 present [ˋprɛzn̩t] 禮物
s [ʃ]	ㄒㄩ	Sean [ˋʃɔn] 西恩（男子名） sugar [ˋʃʊgɚ] 糖 sure [ʃʊr] 確信

A
B
C
D
E
F
G
H
I
J
K
L
M
N
O
P
Q
R
S
T
U
V
W
X
Y
Z

組合	讀音	例字
sc [s]	ㄙ	muscle [`mʌsḷ] 肌肉 scientist [`saɪəntɪst] 科學家 scissors [`sɪzɚz] 剪刀
sc(i) [ʃ]	ㄒㄩ	conscientious [ˌkɑnʃɪ`ɛnʃəs] 依良心行事的 conscious [`kɑnʃəs] 有意識的 prescience [`prɛʃɪəns] 先見
se [s]	ㄙ	case [kes] 事例 tense [tɛns] 時式 vase [ves] 花瓶
se [z]	ㄗ	close [kloz] 關 nose [noz] 鼻子 rose [roz] 玫瑰
s(s)es [sɪz]	ㄙㄧㄗ	buses [`bʌsɪz] 公車（複數） glasses [`glæsɪz] 眼鏡 purses [`pɝsɪz] 錢包
ses [zɪz]	ㄗㄧㄗ	closes [`klozɪz] 關 noses [`nozɪz] 鼻子（複數） roses [`rozɪz] 玫瑰（複數）
sh [ʃ]	ㄒㄩ	fisherman [`fɪʃɚmən] 漁夫 sheep [ʃip] 綿羊 wash [waʃ] 洗滌
si [ʃ]	ㄒㄩ	controversial [ˌkɑntrə`vɝʃəl] 有爭議的 pension [`pɛnʃən] 退休金 tension [`tɛnʃən] 緊張狀態

組合	讀音	例字
si [ʒ]	ㄐㄩ （喉嚨發音）	decision [dɪ`sɪʒən] 決定 explosion [ɪk`sploʒən] 爆裂 television [`tɛlə,vɪʒən] 電視
ss [s]	ㄙ	bless [blɛs] 祝福 cross [krɔs] 跨越 mess [mɛs] 混亂
ss [z]	ㄗ	scissors [sɪzɚz] 剪刀
ssi [ʃ]	ㄒㄩ	discussion [dɪs`kʌʃən] 討論 impression [ɪm`prɛʃən] 印象 mission [`mɪʃən] 任務
<u>ss</u>u [ʃ]	ㄒㄩ	issue [`ɪʃu] 議題 pressure [`prɛʃɚ] 壓力 tissue [`tɪʃʊ] 面紙
<u>s</u>u [ʒ]	ㄐㄩ （喉嚨發音）	casualty [`kæʒʊəltɪ] 災難 usually [`juʒʊəlɪ] 經常 visual [`vɪʒʊəl] 視覺的
<u>s</u>ure [ʒ]	ㄐㄩ （喉嚨發音）	leisure [`liʒɚ] 閒暇 measure [`mɛʒɚ] 測量 treasure [`trɛʒɚ] 寶藏

T 有哪些…

p51

組合	讀音	例字
t	不發音	ballet [`bæle] 芭蕾舞 mortgage [`mɔrgɪdʒ] 抵押 often [`ɔfən] 常常
t [t]	ㄊ	foot [fʊt] 腳 sticky [`stɪkɪ] 黏的 teenager [`tinedʒɚ] 青少年
tt [t]	ㄊ	grafitto [grə`fɪto] 塗鴉 motto [`mɑto] 座右銘 spaghetti [spə`gɛtɪ] 義大利麵
tch [tʃ]	ㄑㄩ	catch [kætʃ] 捕捉 match [mætʃ] 搭配 watch [wɑtʃ] 手錶
th	不發音	asthma [`æzmə] 哮喘
th [θ]	ㄙ~ （舌尖伸齒外上翻發ㄙ音）	health [hɛlθ] 健康 thin [θɪn] 瘦的 wealth [wɛlθ] 財富
th [ð]	ㄗ~ （舌尖伸齒外上翻發ㄗ音）	that [ðæt] 那個 they [ðe] 他們 this [ðɪs] 這個
th [ðə]	ㄗ~ㄦ	rhythm [`rɪðəm] 韻律

組合	讀音	例字
the [ð]	ㄗ~（舌尖伸齒外上翻發ㄗ音）	breathe [brið] 呼吸 loathe [loð] 憎恨 soothe [suð] 撫慰
ther [ðɚ]	ㄗ~（舌尖伸齒外上翻發ㄗ音）	brother [ˋbrʌðɚ] 兄弟 feather [ˋfɛðɚ] 羽毛 weather [ˋwɛðɚ] 天氣
ti [ʃ]	ㄒ	influential [ˌɪnflʊˋɛnʃəl] 有影響力的 patient [ˋpeʃənt] 病患 ratio [ˋreʃo] 比率
ti [tʃ]	ㄑㄩ	question [ˋkwɛstʃən] 問題 Christian [ˋkrɪstʃən] 基督徒
tion [ʃən]	ㄒㄩㄦㄣ	action [ˋækʃən] 動作 nation [ˋneʃən] 國家 station [ˋsteʃən] 車站
ts	ㄘ	boots [buts] 靴子（多數） lights [laɪts] 燈具（多數） pots [pɑts] 鍋子（多數）
tu [tʃ]	ㄑㄩ	congratulation [kənˌgrætʃəˋleʃən] 恭喜 statue [ˋstætʃʊ] 雕像 situation [ˌsɪtʃʊˋeʃən] 情況
ture [tʃɚ]	ㄑㄦˊ	culture [ˋkʌltʃɚ] 文化 nature [ˋnetʃɚ] 本性 temperature [ˋtɛmprətʃɚ] 溫度

組合	讀音	例字
tz [ts]	ㄘ	blitz [blɪts] 閃電攻擊 quartz [kwɔrts] 石英 Switzerland [ˋswɪtsɚlənd] 瑞士

U有哪些...

p53

組合	讀音	例字
u	不發音	buoy [bɔɪ] 救生圈 guess [gɛs] 推測 guest [gɛst] 賓客
u [ɛ]	ㄝ	bury [ˋbɛrɪ] 埋葬 burial [ˋbɛrɪəl] 墓地；葬禮
u [ɪ]	ㄧ	busy [ˋbɪzɪ] 忙碌的 lettuce [ˋlɛtɪs] 萵苣 minute [ˋmɪnɪt] 分鐘
u [ʌ]	ㄜㄚ	lunch [lʌntʃ] 午餐 mug [mʌg] 馬克杯 truck [trʌk] 卡車
u [w]	ㄨㄜ	language [ˋlæŋgwɪdʒ] 語言 persuade [pɚˋswed] 說服 quilt [kwɪlt] 棉被
u [u]	ㄨˋ	fluent [ˋfluənt] 流利的 pollution [pəˋluʃən] 污染 suicide [ˋsuəsaɪd] 自殺

組合	讀音	例字
u [ʊ]	ㄨ	bullet [`bʊlɪt] 子彈 jury [`dʒʊrɪ] 陪審團 push [pʊʃ] 推
u [ju]	ㄧㄝㄨˋ (you)	music [`mjuzɪk] 音樂 tulip [`tjulɪp] 鬱金香 uniform [`junəfɔrm] 制服 university [ˌjunə`vɝsətɪ] 大學
u [jʊ]	ㄧㄝㄨ (you)	bureau [`bjʊro] 局處 fury [`fjʊrɪ] 激怒 pure [pjʊr] 純淨
u [jə]	ㄧㄝㄦ	curriculum [kə`rɪkjələm] 課程 ridiculous [rɪ`dɪkjələs] 荒謬的 vocabulary [və`kæbjəˌlɛrɪ] 字彙
ue [u]	ㄨˋ	blue [blu] 藍色 glue [glu] 黏膠 sue [su] 控訴
u-e [u]	ㄨˋ	flute [flut] 橫笛 parachute [`pærəʃut] 降落傘 rule [rul] 規則
ue [ju]	ㄧㄝㄨˋ (you)	barbecue [`barbɪkju] 烤肉 continue [kən`tɪnju] 繼續 rescue [`rɛskju] 拯救
u-e [ju]	ㄧㄝㄨˋ (you)	cute [kjut] 可愛的 introduce [ɪntrə`djus] 介紹 use [jus] 使用

組合	讀音	例字
ui [ɪ]	一	building [ˋbɪldɪŋ] 建築物 circuit [ˋsɝkɪt] 電路 guilt [gɪlt] 有罪
ui [i]	一ˋ	mosquito [məsˋkito] 蚊子 Quito [ˋkɪto] 基多 （南美Ecuador厄瓜多爾首都）
ui [aɪ]	ㄞ	disguise [dɪsˋgaɪz] 偽裝 guide [gaɪd] 嚮導 guileful [ˋgaɪlfəl] 狡猾的
ui [ju]	一ㄝㄨˋ (you)	duiker [ˋdjukɚ] 小羚羊 nuisance [ˋnjusəns] 惱人的事（物，行為） puissance [ˋpjusəns] 權勢
ui [u]	ㄨˋ	bruise [bruz] 瘀傷 fruit [frut] 水果 suit [sut] 套裝
ur [ɝ]	ㄦˇ	hurt [hɝt] 傷害 nurse [nɝs] 護士 turtle [ˋtɝtl̩] 烏龜
ur [ɚ]	ㄦˊ	murmur [ˋmɝmɚ] 怨言 pursue [pɚˋsu] 追求 surprise [sɚˋpraɪz] 驚喜
uy [aɪ]	ㄞ	buy [baɪ] 買 guy [gaɪ] 傢伙

V有哪些...

p56

組合	讀音	例字
v(v)(e) [v]	ㄈ*（上齒咬下唇振動發ㄈ音）	leave [liv] 離開 savvy [ˋsævɪ] 理解 vet [vɛt] 獸醫

W有哪些...

p58

組合	讀音	例字
w	不發音	answer [ˋænsɚ] 答案 knowledge [ˋnɑlɪdʒ] 知識 sword [sord] 刀劍
w [w]	ㄨㄜ	wet [wɛt] 濕的 winter [ˋwɪntɚ] 冬天 wound [wund] 受傷
wa [wɑ]	ㄨㄚ	wallet [ˋwɑlɪt] 皮夾 wash [wɑʃ] 洗滌 watch [wɑtʃ] 看
wa [wɔ]	ㄨㄛ	wall [wɔl] 牆 warning [ˋwɔrnɪŋ] 警告 waterfall [ˋwɔtɚfɔl] 瀑布
wh [hw]	ㄏㄨㄜ	whale [hwel] 鯨 wheat [hwit] 小麥 whirl [hwɝl] 漩渦

組合	讀音	例字
wr [r]	ㄖㄨ （同一音節 wr 相連時，w不發音）	wrap [ræp] 包裝 wrestle [`rɛsḷ] 摔角 write [raɪt] 寫

X有哪些...

p60

組合	讀音	例字
x [gz]	ㄍㄗ	exam [ɪg`zæm] 考試 exist [ɪg`zɪst] 生存 exhaust [ɪg`zɔst] 耗盡
x [krɪs]	ㄎㄖㄨㄧㄙ	Xmas [`krɪsməs] 耶誕節 （X表示Christ基督）
x [ks]	ㄎㄙ	box [bɑks] 盒子 exercise [`ɛksɚ͵saɪz] 運動 taxi [`tæksɪ] 計程車
x [z]	ㄗ	xanthophyll [`zænθə͵fɪl] 葉黃素（chlorophyll 葉綠素） xenophobia [͵zɛnə`fobɪə] 仇視外國人 xylophone [`zaɪlə͵fon] 木琴
xi [kʃ]	ㄎㄒ	anxious [`æŋkʃəs] 掛念的 obnoxious [əb`nɑkʃəs] 令人不悅的
xu [kʃ]	ㄒ	luxury [`lʌkʃərɪ] 奢華 sexual [`sɛkʃʊəl] 有關性的

組合	讀音	例字
xu [gʒ]	ㄍㄐㄩ （喉嚨發音）	luxurious [lʌg`ʒurɪəs] 奢侈的

Y 有哪些...

p62

組合	讀音	例字
y [j]	一せ	yacht [jɑt] 遊艇（ch不發音） year [jɪr] 年 yummy [`jʌmɪ] 可口的
y [ɪ]	一	bicycle [`baɪsɪkḷ] 自行車 gym [dʒɪm] 體育館 lady [`ledɪ] 淑女
y [aɪ]	ㄞ	cry [kraɪ] 哭 dynasty [`daɪnəstɪ] 朝代 hydrant [`haɪdrənt] 消防栓
y [ə]	ㄦ	analysis [ə`næləsɪs] 分析 labyrinth [`læbə,rɪnθ] 迷宮 paralysis [pə`ræləsɪs] 中風
ye [aɪ]	ㄞ	bye [baɪ] 再見 dye [daɪ] 染色 rye [raɪ] 裸麥
y-e [aɪ]	ㄞ	byte [baɪt] 位元 lyre [laɪr] 七弦琴 type [taɪp] 類型

組合	讀音	例字
yr [ɚ]	ㄦˊ	martyr [ˋmɑrtɚ] 烈士

Z有哪些…

p64

組合	讀音	例字
z [z]	ㄗ	zero [ˋzɪro] 零 zigzag [ˋzɪgzæg] 鋸齒狀 zoology [zoˋɑlədʒɪ] 動物學
zz [z]	ㄗ	dizzy [ˋdɪzɪ] 暈眩的 puzzle [ˋpʌzl̩] 謎題 sizzle [ˋsɪzl̩] 嘶嘶聲
zz [ts]	ㄘ	pizza [ˋpɪtsə] 披薩

MEMO

我們改寫了書的定義

創辦人暨名譽董事長　王擎天
董 事 長　王寶玲
總經理　歐綾纖　　印製者　和楹印刷公司
出版總監　王寶玲

法人股東　華鴻創投、華利創投、和通國際、利通創投、創意創投、中國電視、中租迪和、仁寶電腦、台北富邦銀行、台灣工業銀行、國寶人壽、東元電機、凌陽科技（創投）、力麗集團、東捷資訊

策略聯盟　采舍國際．創智行銷．凱立國際資訊．玉山銀行
凱旋資訊．知遠文化．均洋印刷．橋大圖書
交通部郵政總局．數位聯合 (seednet)
全球八達網．全球線上．優碩資訊．矽緯資訊
（歡迎出版同業加入，共襄盛舉）

◆台灣出版事業群　新北市中和區中山路2段366巷10號10樓
TEL：2248-7896
FAX：2248-7758

◆北京出版事業群　北京市東城區東直門東中街40號元嘉國際公寓A座820
TEL：86-10-64172733
FAX：86-10-64173011

◆北美出版事業群　4th Floor Harbour Centre P.O.Box613
GT George Town, Grand Cayman,
Cayman Island

◆倉儲及物流中心　新北市中和區中山路2段366巷10號3樓
TEL：02-2226-7768
FAX：02-8226-7496

www.book4u.com.tw

KK音標 easy K

國家圖書館出版品預行編目資料

KK音標 easy K / 李成權 著
--初版--新北市中和區：華文網,2011.04
面；公分・--(Excellent；34)
ISBN 978-986-82762-3-9(平裝)

1.英文 2.音標

805.141 100003865

知識工場・Excellent 34

KK音標 easy K

出版者／全球華文聯合出版平台・知識工場
作者／李成權　　印行者／知識工場
出版總監／王寶玲　　文字編輯／何牧蓉
總編輯／歐綾纖　　美術設計／吳吉昌

郵撥帳號／50017206 采舍國際有限公司（郵撥購買，請另付一成郵資）
台灣出版中心／新北市中和區中山路2段366巷10號10樓
電話／（02）2248-7896
傳真／（02）2248-7758
ISBN-13／978-986-82762-3-9
出版日期／2019年最新版

全球華文市場總代理／采舍國際
地址／新北市中和區中山路2段366巷10號3樓
電話／（02）8245-8786
傳真／（02）8245-8718

全系列書系特約展示門市
新絲路網路書店
地址／新北市中和區中山路2段366巷10號10樓
電話／（02）8245-9896
網址／www.silkbook.com

線上pbook&ebook總代理／全球華文聯合出版平台
地址／新北市中和區中山路2段366巷10號10樓
紙本書平台／http://www.book4u.com.tw　◆華文網網路書店
瀏覽電子書／http://www.book4u.com.tw　◆華文電子書中心
電子書下載／http://www.book4u.com.tw　◆電子書中心(Acrobat Reader)

本書採減碳印製流程並使用優質中性紙（Acid & Alkali Free）通過綠色印刷認證，最符環保要求。

本書為作者名師及出版社編輯小組精心編著覆核，如仍有疏漏，請各位先進不吝指正。來函請寄mujung@mail.book4u.com.tw，若經查證無誤，我們將有精美小禮物贈送！

nowledge. 知識工場
Knowledge is everything！